新世紀叢書

當代重要思潮・人文心靈・宗教・社會文化關懷

# Literature Andante of Europe

# 歐洲人文行板

## 音樂與文學的時空絮語

作者◎洪雯倩

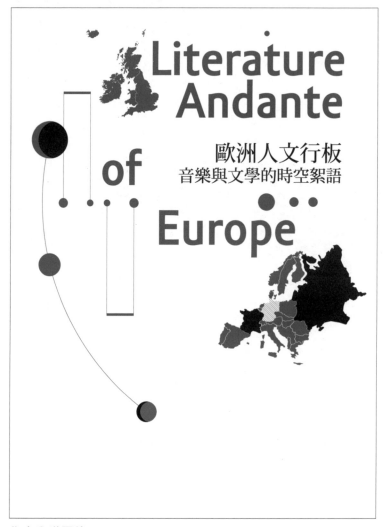

# 歐洲人文行板——音樂與文學的時空絮語

【目錄】本書總頁數共224頁

**作者序　一紘一柱思華年**　009

**1.《一位陌生女子的來信》另一章——褚威格外記**　011

事情源自於一封信，一封沒有屬名的信。潦草的字跡，由厚厚一疊的信頭開端：「你，這永遠認不出我的你！」這種無厘頭的稱謂，讓任何人都會好奇的，小說故事也就由此循序帶出。

**2.「維也納風情」灼人的祕密**　026

「祕密」，之所以灼人，在於她的難言和不可告人之處。那是一種交融於精緻文化與內斂情慾的閃爍眼神；一種，生命中原本早已成定局的答案。

**3. 海頓、莫札特與貝多芬之間的「古典」奧祕**　038

一個小小、微弱的自由精神火種，在海頓手上悄悄地點燃，傳給莫札特，最後交給

了貝多芬。這微乎其微、剎那即逝的小火種，仍有它自身的溫度，它，只要能遇見看得懂的人，就會繼續燃燒下去。

**4.克林姆特的畫塚** 052

他筆下熠光炫麗的世界，自「世紀末」（Fin-de-Siécle）以來，一次又一次地，攪和著道德與邪惡的試探；慾望與不安，皆隱附在女性虛柔、理所當然的嫵媚中，用一種「遺憾」的筆觸，調上「魔鬼」的顏色。

**5.幽默魂——舒曼** 065

他要面對的人生是：在海德堡念法律還是捨音樂的掙扎；在萊比錫該走文學還是音樂創作的猶豫；在杜塞朵夫，跳，和不跳萊茵河之間的抉擇。只有最後的——「瘋」，由不得他。

**6.美感，來自孤寂的凝視——蕭邦** 076

「望著窄窄長方形的天花板，整間房子對我而言，好像一個巨大的棺木……」在蕭邦的音樂中，即便是激動澎湃的地方，那也是因被困在寂寞裡的孤絕之心，在覓覓尋找出路之下，所無法釋去的激切狂怒。

## 作者序

# 一紘一柱思華年／洪雯倩

丹青難下，原因，也許不在於筆造化；而是隨著歲月，深深感觸，琴瑟，不會憑自無端五十紘。這，看似的「無端」，卻讓我在過去的二十年間不經意地邂逅了褚威格、克林姆特、舒曼、蕭邦、尼采、卡夫卡、馬勒，藉由生命分量的增長，鎔鑄成這二十篇走筆，誠為「一紘一柱思華年」。

八十八個黑白琴鍵，十隻手指，十年寒窗。以維也納為出發點，這個城市所吸引而來的不凡天賦，讓我得以結識、進出各方的藝術心靈，他們是——藏匿在古典之後，外人所不易見卻悄悄萌發的自由精神，是貝多芬倔傲、無聲的吶喊；也是馬勒喪女之後，頹然獨自坐在麗泉宮花園一角的黯慟神情。行至德國，親炙尼采、叔本華的足跡，沉鬱的民族性，厚厚地疊積成沉穩、內斂，思維極度形而上複雜的哲學世界，但同時也含括了一個善於組織兼具徹底執行能力的民族，在人性歷史上所留下的錯誤——那是置身集中營時震撼的祭奠；布拉格，卡夫卡的退怯、無奈，亦是捷克自古以來面對奧匈帝國時的一貫姿態，那側身文學所期待的救贖，一直到卡夫卡安眠於維也納，仍不可得；末筆，南歐的閒逸，在一片地中海的蔚藍裡，卻隱藏了這麼多彷如楚辭般的神諭，以及一種樸質渾亮的智慧與人道主義的最終風骨。

不是音符讓人感動；而是藝術、經由一瞬間的不期而遇，在人性上烙下了靈犀的悸動；那彷彿是茫茫人海中，瞥見了一個和自己神似的面孔，感應到彼此相通的靈魂。這痕跡，叫「感動」——或謂盈淚。我試著記住它，即便只剩下一個已淡去的背影，也把它轉換為文字，以期許自己不要忘了那生命的觸痕。

# 《一位陌生女子的來信》另一章——褚威格外記

## Prelude—序曲

褚威格

褚威格（Stefan Zweig，一八八一—一九四二）生於維也納一個優渥的猶太家庭，年少即以詩集立足文壇。作品除了國人熟悉的《一位陌生女子的來信》之外，包括傳記文學、中短篇小說、劇作，以及為李查・史特勞斯（Richard Georg Strauss）的歌劇《沉默的女人》（*Die Schweigsame Frau*）所做的歌詞腳本等。褚威格遊歷甚廣，以當時的交通客觀條件，足跡遍及美洲、印度、中國各地；一九一九年時值中壯年，遷居莫札特的故鄉薩爾斯堡，與當時歐洲首屈一指的各界文人、音樂家、畫家過從甚密。

一九三八年奧地利與德國納粹勢力結合後，猶太人處境垂危，但褚威格早在一九三四年時即嗅到時局的詭譎，移民至英國。身為和平主義者，眼見歐洲第二次世界大戰的展開，他與第二任太太，決定遠赴巴西，成為流亡作家。在失根絕望之下，一九四二年，兩人雙雙服藥自盡。

他的死，成為二十世紀知識份子為逃離獨裁暴力統治的最終表徵。

一九〇七至一九一九年間，在這棟房子裡，住著褚威格。

二十六歲的褚威格，散發著優雅的朝氣。精緻的臉龐上，流露出那種只有世家子弟才獨具的出塵、無慮，另外帶著一份與生俱來的輕盈不羈，舉手投足之間，文思與身段同樣的敏捷靈巧。

他的腳步踏在維也納的石板街上；他的文采，則點劃出一篇又一篇緊扣人心的小說。

我站在他的寓所前，凝視著這棟大門上鏤雕有細緻徽章的房子，突出的閣樓窗櫺，不難想像昔日講究的風采。這裡，不只是褚威格住了十二年的文學創作搖籃，還是那篇膾炙人口的小說——《一位陌生女子的來信》，真正發生過的場域。

淡灰雕花的平靜宅院，突出的閣樓窗櫺，不難想像昔日講究的風采，玻璃上正映著那只插了白花的花瓶。

將近百年的時空遞嬗，人事已非。一九四二年，褚威格以流亡作家的身分，自盡於巴西；而那位女子呢？真的「陌生」嗎？突然間，在褚威格的家門前，一位披著一襲典雅披肩的「陌生女子」，熱情地向我招手，這與維也納星期天的寂寥巷弄氣氛相襯，實在呈現出一種突兀的驚異。不解之餘，但且迎著善意向前邁去。這位披著披肩的女子，推著沉重半敞的門，滿懷善意，以邀約的語氣說：

「您一定是來排練音樂的！對不對？」

我說，今天是來看褚威格的。她熱情、毫不設防地敞開褚威格的大門，邀我一起進入。

於是，我進入了褚威格昔日居住過的地方。

剎那間，也進入了「一位陌生女子的世界」。

這是一個十三歲的女孩，一頭跌入一個無底愛情深淵的故事。拾級而上，跟小說中描述的場景一模一樣：有著兩戶對望的門戶；而門上的貓眼，則是探窺故事中情節的一切起源。褚威格並不知道，當時年輕、文采橫溢的自己，是如何無意間啟開了一位少女的情懷，而這位女子，先是交出自己的靈魂；接著幾年後，再無怨無悔地獻上自己一輩子。命運，讓風流倜儻的褚威格，對這位暗慕者絲毫無所察覺；更對那個曾經存在過的孩子，全然不知情。在這棟淡灰雕花的平靜宅院裡，曾隱藏了那麼一段刻骨銘心的故事，誠如小說中那位「陌生女子」所言：「只有最孤單的孩子，才懂得隱藏自己最熾熱的感情。」

一切源自於一封信，一封沒有屬名的信。因為褚威格自始自終並不認識這位「陌生女子」。潦草的字跡，由厚厚一疊的信頭開端：「你，這永遠認不出我的你！」這種無厘頭的稱謂，讓任何人都會好奇的，小說故事也就由此循序帶出。

「當你接到這信時，表示我已不在人世。不要怕信中的一字一語，一個死去的人，是不會跟你要求什麼的，不會乞求愛情、也不會乞求同情或者安慰。我只要求你一件事：就是相信我信中所說的一切。因為一個人，一個女人，是不會在自己剛剛死去的孩子旁邊說謊的。」這種無怨卻又處處透著死亡訊息的語氣，實在令人不寒而慄。由這幾句話，我們得知，絕望的女子，是一位母親，但是此刻，她自己也不在人世了，而這一切，和褚威格又有什麼關聯呢？在人性心理的迷宮裡，這位奧地利心理大師的作家——褚威格——將一步一步呈現出整個故事的來龍去脈。

望著樓梯間，腳下的菱花石磚，這是當時維也納百年老屋，典型的設計風格。整整一百年前，年輕的褚威格帶著一位忠心老僕人，從位於市政廳後方、父母所購置的豪宅，搬到這棟寓所，展開他文學創作上的豐碩階段。但是，請別忘記，這位優渥的貴公子，有的是最精緻典雅內化的教養；最優質廣博的交友見識；最揮灑不盡的才氣；同時，也是一位最富品味魅力的獵豔高手。

就在這菱花石磚的對面房子裡，住了一位情竇初開的小女孩、一位從第一眼就戀愛上這個作家的女孩。身邊老僕人那禮貌彬彬的的態度；從沒見過的異國風家具和滿滿的書籍；還有那瀟灑的生活態度，在在令這女孩一步步陷入迷惘、暗慕、崇拜的情愫裡，隨著時間，近乎成為一種深深入骨的臣服。

而褚威格，住在這裡的整段時光中，唯一對女孩講過的話，就是有次在樓下門口讓路時所說過的一句：「謝謝妳。」

這一來，愛情天平，就毫不留情地偏向一方，並且，無可挽回了。

在接下來的幾年歲月裡，女孩時時透過門上的貓眼，渴切地想窺探這位年輕作家的世界，哪怕是一秒、一瞥也好——同時，又孩子氣地忌妒著老僕人的隨身侍側——但是，她看見的大人世界是：作家時時的愜意遠遊；那不可企及、令人嘆止的精神世界；還有，就是不斷來訪的女客。

《一位陌生女子的來信》中所描述的樓梯間實景。腳下的菱花石磚是當時維也納百年老屋、典型的設計風格。

女孩後來隨著母親搬離了這裡。但是，她的靈魂無時無刻不縈繫著這棟房子裡的那位戀人，菱花的石磚，雕鏤的欄杆，藏了這麼多的思念與強烈的暗慕，讓這樓梯間一時也沉重無比了。幾年後，一個十八歲的妙齡女子重新出現在這條街上，她，回來了。

時光可以讓人蛻變，但也能矇騙人的眼睛。因為一個女人的相貌，就像鏡中的幻象一樣，會隨著歲月的光影、衣著的修飾、心境的轉換而千變萬化，但是：「當我無法克制地轉過頭去時，發現你正停下了腳步，回首望著我；不過，單是從你那好奇觀察我的態度，我馬上知道：你認不出我來。」五年前，褚威格從沒察覺到的小女孩；五年後，也沒認出；甚至往後也認不出。此時，這位「陌生」女子，刺痛地驚覺到自己的命運：一個自己所深深暗戀的人，卻漠然認不出自己的命運。這個命運，她一輩子承受，直至死亡。「這是個墜入真實的殞落，也是我第一次對命運的知覺。」

只有那絕望吶喊的，才是真正認知到命運的人。

褚威格優雅倜儻地結識了這位動人少女，卻永遠未曾認識在這次邂逅之後，所誕生的那個孩子。女子獨自面臨了一個女人生命中那驚天動地的過程，曾經流落於克難的收容機構，但是，她從年少時窺得作家的生命中得知，他，若沒有自由的空氣，是無法呼吸的。於是，這一切，她選擇一人獨自面對。日後，她在孩子的目光神韻裡，看見了自己所愛的人，漸漸地，痛楚、思念不再那麼地折磨人，因為，只要看到孩子，一切都變得可以承受、犧牲。

她要讓孩子也像作家一樣，享有那出塵的輕盈、不虞匱乏的環境、還有生命中那種脫俗的精神氛圍。但是，這一切，要先跨入維也納那黃金的社交門檻才可能，一個「陌生」的女子該如何企得？於是，剛開始，是她先周旋在那些人之間；沒多久後，換成那些人來尋覓她，因為：「我的容貌，在那些人的口中是有口皆碑的——你曾察覺這點嗎？」

她成了名人貴族之間的社交名媛。

坦承這一切，對女子來說，並不會可恥或隱晦。因為她背著愛情的十字架時，心中所念及的：是孩子，是心底的祕密，也是同情——同情她的那些仰慕者，那些永遠贏不到她芳心的追求者。有時，她似乎在這些人身上，看到自身的遭遇，為這種沒有回應的單向戀情，驚怵不已。

但是，她選擇的是：預約自己。預約一個未知的未來，企盼有一天會再與心中暗戀的人相遇，而那時，她寧願自己仍是單身。這一來，刻骨銘心的換成別人了，他們是銀髮公爵，工業鉅子，名流望族之後，這些人殷勤地圍繞在她的身側，卻被一道不解之牆隔離其外。一種命運莫名的詛咒；一種奴隸般的忠心等待，讓她死死地固守著這宿命。於是，作家每年生日時，都會收到一束匿名的白玫瑰，十年來，這位陌生女子，守著這個誓言。

踱步於樓梯之間，精細鏤花的欄杆，似乎過於精緻地盤繞著階梯，好似費盡心思的結果卻在這裡得不到回應。百年前，這裡曾經住過一對母女，女兒以教授鋼琴為生，而母親則是一位醫生之女，這位醫生不是位普通的醫生，而是昔日德國文豪歌德（Johann Wolfgang von Goethe）的家醫。當時的褚威格，興致勃勃地結識了這對平凡、卻又極奇不平凡的母女。一向傾心於探索歷史祕密、蒐集名人手稿的褚威格，對自己結識了歌德身邊的人，心馳不已，有如親炙文豪巨擘之側。而平凡之後呢？還有更平凡的「陌生」嗎？

誓言，再一次摧毀了。

女子的等待，成了一個椎心的相遇，她再次踏上了一條不歸路。在一個剛剛送去白玫瑰的第二天，她不期地遇見了作家，而這中間，已是十年的光陰歲月。

精細鏤花的欄杆，似乎過於精緻地盤繞著階梯，好似費盡心思的結果卻在這裡得不到回應。

雖然，女子已經成熟、已經嫵媚、已經歷經世事，但是，一個孩童般潛意識的罩門，讓她只要見到這位初戀者，就隨即轉換成當年那個僅有十三歲的小女孩；自動地臣服於一切不平、不堪之下；而一切的現境、桎梏，也就隨即地幻滅無形。信裡，女子心中表示：「只要聽到你在呼喚我，就算我已處於彌留臨終之際，也會突然生出力量，起身朝你而去。」

如果一個三十歲的人，自願以十三歲的心境面對外界時，那就表示：他願意把自己的人生撕成兩半。

這次的相遇，讓女子再度渴切期待一個「相認」的情境，期待一個男人對女孩蛻變成女人的那種驚嘆。尤其，當那天作家，不自覺地以極熱切的目光注視著這位社交名媛時，更讓女子以為生命中的那一刻已經來到。不過，就在她目睹對方以那一貫優雅的笑容出現在自己面前時，她馬上知道：他認不出她來。

她在面對這種非人性的健忘時，似乎預感到還有更殘酷的煉獄在等著。當女子再度跟著作家回到少女時期曾住過的房子時，我真不知，當她一步一步拾級而上，那每一階梯，是否如人魚公主以歌聲換成雙腿般地被刀割裂解淌著血。一進門，更怵目驚心的一幕映入她的眼裡，昨天才遣人送來的白玫瑰，正以燦爛的姿容，在窗邊的書桌上綻開，對著她微笑。算是迎賓禮吧！

閒聊間，作家表示很喜歡這匿名的禮物，正因為不知是誰送的，所以更加珍惜。「也許是個愛你、但又被你遺忘的女人送的吧！」這類的暗示，並不具有任何的效用，只會讓氣氛更加挑釁罷了。最後，作家以一個更令女子感到屈辱的方式，作為道別：隔天日午，他偷偷地塞了幾張大鈔在女子的毛絨袖套裡，算是昨夜之酬，而這一幕，正好被她從鏡子中給瞥見了。女子強按著心中的慍怒，內心大聲地吶喊著：「你竟然付錢給你孩子的母親！被你遺忘還不夠！還要被你糟蹋！」就在她極力壓抑著情緒、含著淚奪門而出時，命運再一次地給了她一個更殘忍的道別——她遇見了昔日那個忠心耿耿的老僕人。

老僕人本能地退到一旁讓路，但在眼波餘光中，不小心看到了這位衣著華麗、卻抿脣噙住淚水的女子，就在這一瞬間，老僕人眼中閃過一道驚悚的亮光。「忠實的老僕人啊！」老人認出了華麗背後的真貌，想必也了然這十五年來在女子身上所發生的一切。此刻，女子心中感激得只想要跪下，親吻他那已老已皺的手——僅僅為了這一個相認。

「也許，命運總算善待我了！讓我在這時離去，這一來，我就不必見到小孩被陌生人抬走的那一幕。這段愛情，對你而言，並不會造成負擔；你也不會因我的不在，而有所缺失，這一來，我就心無所憾了。只是，往後，誰來送給你生日的玫瑰？這裡，我唯一的請求：生日那天，插些白玫瑰到花瓶裡，就算每年為一個死去的愛人辦的一場彌撒吧！」

踱步在樓梯間時，我心裡浮出小說中的最後一段，褚威格的神來之筆，在書末以極精采的方式結尾：「作家驚覺地望著花瓶，第一次，十年來，第一次花瓶是空的。他整個人抽搐了一下，這花瓶彷如一道冥府之門，一道緩緩開啟的冥府之門，一陣寒意，從另一個世界陣陣滲透而來。他似乎觸及了『死亡』、同時感受到一份永恆之愛。心中一怔之餘，突然對這位無形、卻又衷情的女子萌生思念之感，這感觸，彷彿聆賞著遠方傳來的一縷樂音。」

忽然，樓梯間傳出舒伯特（Franz Seraphicus Peter Schubert）的「少女與死」（Der Tod und das Mädchen），女子和聲樂家的排練開始了，歌聲在幽靜的樓梯間充盈貫耳，似乎迫不及待地回應著剛才腦中的思緒，以及褚威格小說中的最後一句話。這種驚人的現實隱喻，讓我駭然奪門而出，只因無法承受那百年、赤裸的真切。百年的歲月，在維也納，並不會造成任何時空上的隔閡，它，一再無言地以各種姿態呈現出來，並在各個場域上演著世紀前後的現實隱喻，至於，讀得懂其中奧義，那就是藝術了。

出門抬頭一望，褚威格的窗口，立著一支插著白色花朵的花瓶。

# 「維也納風情」灼人的祕密

## Prelude——序曲

「維也納風情！維也納風情！獨一無二的魅力，充滿活力，充滿生氣，充滿熱切……」

這是約翰．史特勞斯輕歌劇裡的一段歌詞。一八九九年這齣《維也納風情》（*Wiener Blut*）推出後，風靡整個城市，甚至到了今天，這首曲子已成為招牌旋律，不亞於「藍色多瑙河」圓舞曲所受喜愛的程度。輕歌劇（Operette），是一種很維也納式的、很獨特的歌劇，她，不同於一般歌劇的形態，其內容只聚焦在維也納貴族、甚或市民階層的一種特殊的調情豔色。說來無傷大雅；但同時又冶豔誘人，就是這種若有似無的張力，讓人一聽到華爾滋的節奏時，腳步就蠢蠢然將欲舞起來。這，也是辨別一個人血液裡有沒有天授具「維也納風情

褚威格

DNA」精準的方法。

音樂上的「維也納風情」已經在史特勞斯的歌劇裡表露無遺了；在這裡，我想介紹一下文學裡的「維也納風情」，她，是褚威格那「灼人的祕密」。

「祕密」，之所以灼人，在於她的難言和不可告人之處。

這令我不得不再次凝視維也納的藝術蘊涵了：音樂與文學。音樂、文學，維也納兩個悠久的傳承；只不過一個聞名世界；一個，卻鮮為人所知。

有一種「維也納風情」，不是展現在輕歌劇裡那種公然調情的韻事、或醇酒美女之類的主題上；這風情、這維也納風情，我在褚威格的那部《灼人的祕密》（Burning Secret）小說裡，驚心動魄地讀到過：一種隱匿在極端平靜的表面下、流動於人倫常理的架構中，好像一切都不曾發生過的悚人激情。

這才是真正的Wiener Blut——維也納風情。

走在舍寞林（Semmering）的山峭；這個離維也納僅一個鐘頭車程的山巔小鎮，一直以它高山清晰具療養功能的空氣品質著名，很多需要靜養的人，都會像湯瑪

輕歌劇《維也納風情》創作者約翰．史特勞斯。

士・曼（Thomas Mann）那部小說《魔山》（*Zauberberg*）中所寫的一樣，專程前來。褚威格的小說，《灼人的祕密》一作，就是在舍寞林五月這片清新可人的枝頭新綠間——炙熱地燃燒起來。狂烈、無以言狀地灼烙在一對男女的祕密內心世界裡。

那是一種交融於精緻文化與內斂情慾的閃爍眼神；一種，生命中原本早已成定局的答案，此刻似乎再次幻化成深深的疑問。關於這點，音樂家布拉姆斯（Johannes Brahms）把它悶在心裡，馬勒（Gustav Mahler）試著把它昇華、與命運扭擰著，很多很多的藝術家為此付出了一整輩子；但是，獨獨褚威格悠遊其間，不著一字，盡得風流。

我再度為褚威格這種瀟灑的態度，不由衷地暗暗感到些許的殷羨。這，是世家子弟才獨獨享有的貴氣神態。

維也納的冶豔風情，在男女世界裡是如何呈現？露骨、真實？不，這太不藝術、太沒技巧了。我想由一個場景來介紹：一個年輕風度翩翩的男爵來到舍寞林渡假，下榻在氣派的旅館，晚餐時，藉著燭光打量著一位衣著高雅、風韻出眾的中年貴婦半個鐘頭之後——請注意，打量的方式不是直愣愣呆瓜式地看著——而是用屬於獵人的目光、一次又一次地、描繪過她臉龐的曲線；用這目光代替自己的雙手，滑過她以極講究的服飾緊緊裹住的豐腴軀體，摸索，探測著。但絕對不直視女人那對明潤閃爍的雙眸。

而女人的反應呢？低頭？矜持？大膽回應？不，任何美麗的女人，在成長的過程中，都會在他人為之一亮的眼光裡看到自己的倒影；不然，最鈍的話也會從別人的口中聽到這樣的訊息。這是自然的殘酷法則。一個女人，要是對此自知甚詳的話，那就可以用「漫不經心」來回應這一切。但是，還是要做得有技巧、有品味一點。那麼，就老道地用教養得體的憂鬱，來掩飾內心深處的熱情吧！

接下來要怎麼辦？半個鐘頭很快就過去了。年輕男爵的獵人本能甦醒了，仔細看，他臉上皺紋平整了，全身肌肉急速緊繃了，整個人精神奕奕起來。開始以挑釁的目光搜尋她飄飄漫漫的眼神；女人的眼神有時會不經意地和他的目光交錯，但是絕不露出任何清楚的答案。但是，男爵感到在她嘴角的四周，有時，好像一絲笑意正在綻放流露。正因為這一切是如此的危險、不確定，才更不斷地刺激著他。

那明確與不明確的界線如何劃下？徵兆如何判斷？維也納式的進退標準是

……？在男爵看來，可期待的是，她那飄忽掃視的一瞥，雖然意味著抑制、矜持，但也意味著抗拒。這點男爵很清楚，他豐富的經驗告訴他：下一步要做一個實驗——以利驗收。

各位讀者，人，奧妙的心理要以實驗證明，而不是靠弗洛依德（Sigmund Freud）的躺椅來分析，我可以告訴各位一個方法：男爵起身決定離席——採取主動權才是掌握全局的上策——率先站了起來，目光繞過她，以一深邃的眼神（我看他只有在這種時候的眼神才會深刻），饒富意境地凝視她身後的那片風景，同時，慢慢地走向門去。但是，快到門口時，男爵卻彷彿忘了什麼東西似的，倏地抽身一轉，回過頭來，然後！一下子就逮住她了：逮住她那炙熱相隨的雙眸。

好了，一場遊戲可以開始了！

但是，等等，女人身邊跟著一個孩子，一個半大不小十來歲的孩子。小孩大病初癒需要靜養，所以由母親陪著來到山城。詩人里爾克（Rainer Maira Rilke）曾說一個女人得經歷過母親的階段，才算是個完整的女人。少婦，當然是姿色的巔峰；但是孩子的成長是需要汲取母親的生命的。這生命的養分流向，一旦單向地開始了，哪怕一個女人再美的容姿，也會汩汩逝去。所以，請注意，男孩十歲剔透的紅頰，映的是一位女人即將逝去的風華。

一個完整的女人，不是當了母親就自動升格；接下來要面對的：是一個「灼人的祕密」。這在褚威格筆下是一種神妙的意志力磁針，是一個女人處在要當「母親」——繼續無條件地犧牲奉獻，還是要當「女人」——灼烈燃燒情慾之間的危險抉擇；是要為自己的命運而活，還是只為孩子而存在。這認定，有其時間上的迫切性的，因為，她那豔紅般的年華風采正像夕陽一樣，僅剩一抹紅暈。

狂烈擺盪的磁針啊！此刻正如此殘酷地折磨著她的心志。這點，男爵嘴角一抹微笑地，心中看得很清楚。

但是，她們只有接受這一焦灼的試煉，才能變成華格納（Wilhelm Richard Wagner）筆下所謂：「女性，是一切最後的救贖」的最終形象。

坐在餐桌旁的這孩子會成為絆腳石？還是會成為男爵接近這女人最好、最快的媒介？男爵先天那種玩家、冷血、算計的獵人本能，在這養尊處優、生活卻百無聊賴的貴婦身上所下的功夫會不會白費？褚威格的祕密在於：他寫的不光是小說故事或歷史人物，而是描繪人那微妙多變的心理光暈。只因為，他把弗洛依德心理學的精神，以「文學」的方式呈現了出來，在「灼人的祕密」這小說裡，用

第一次大戰結束後，褚威格回到奧地利，落腳薩爾斯堡期間，是他生命中一段靜好的歲月，並在此完成諸多創作。

講故事的口吻清楚緊湊、卻毫不費力地道出了真正的「維也納風情」。（別忘了，約翰·史特勞斯的《維也納風情》和弗洛依德的《夢的解析》（*Die Traumdeutung*），不約而同都在一八九九年問世！）

一個孩子，一個女人之間，開始存在一個祕密了；或者說是一個孩子和一個母親之間，有了一種只屬於他們倆人的默契。這祕密，在小說最後，以女人的淚水鋪陳。天下母親的眼淚有很多種，但有一種是極溫馨、極心酸卻又極終無語的，那是：一個女人，心中默默決定從今以後，只為孩子而活；只當「母親」，不再當「女人」的眼淚。那眼淚，代表著一個年華逝去的女人的最終誓言，意味著她將放棄一切所有的豔遇，代表著一切情念欲望的告別。

讀到那滴淚水，滴潤在自己的孩子那稚嫩的雙頰上時，竟是如此的令人顫慄。《一位陌生女子的來信》，只不過是褚威格少女情懷式的投射，屬於他一廂情願的稚嫩作品；但是《灼人的祕密》，卻是一種成熟期、驚人剖析的反射，把一個小孩，一個女人，一個獵豔高手之間的一來一往，做了令人窒息的呈現。

為文時適逢褚威格誕生一百三十年的紀念。走進褚威格出生的宅第，兩列樓梯大方展開排場，真的是世家的身段。這位出生優渥的文學之子，一輩子受維也納的文化所「化」之深，可說是無人出其右。但一個文化，一旦深深烙印在整個人的風格形塑當中，那他就不得不用全部的靈魂來擁抱這個文化了——這包括日後為了逃離納粹而飄零巴西的流亡抉擇。二〇一二年，就是褚威格逝世七十週年紀念。

二〇一一年在薩爾斯堡，一場又一場紀念文豪的慶祝活動，緬懷著這位生於維也納、落腳薩爾斯堡，最後卻自盡於巴西的奧地利作家。一九四一年，褚威格在寫完他那緊迫、危機、告白式的最後一部小說《奕棋》（*Schachnovelle*）之後，留下這些的句子：

> 親愛的友人，今天，我在完全清醒的狀態之下結束了生命，因為我的耐心不足，無法在面對這種無止境的極權戰爭時按下性子等待，等到看著它結束那一天。我等不及了，遙遙無期的等候、期盼，加上身處異鄉的漂流失落感，耗盡了我生命中的能量。我以完全清醒、自主的態度，面臨了這一抉擇。

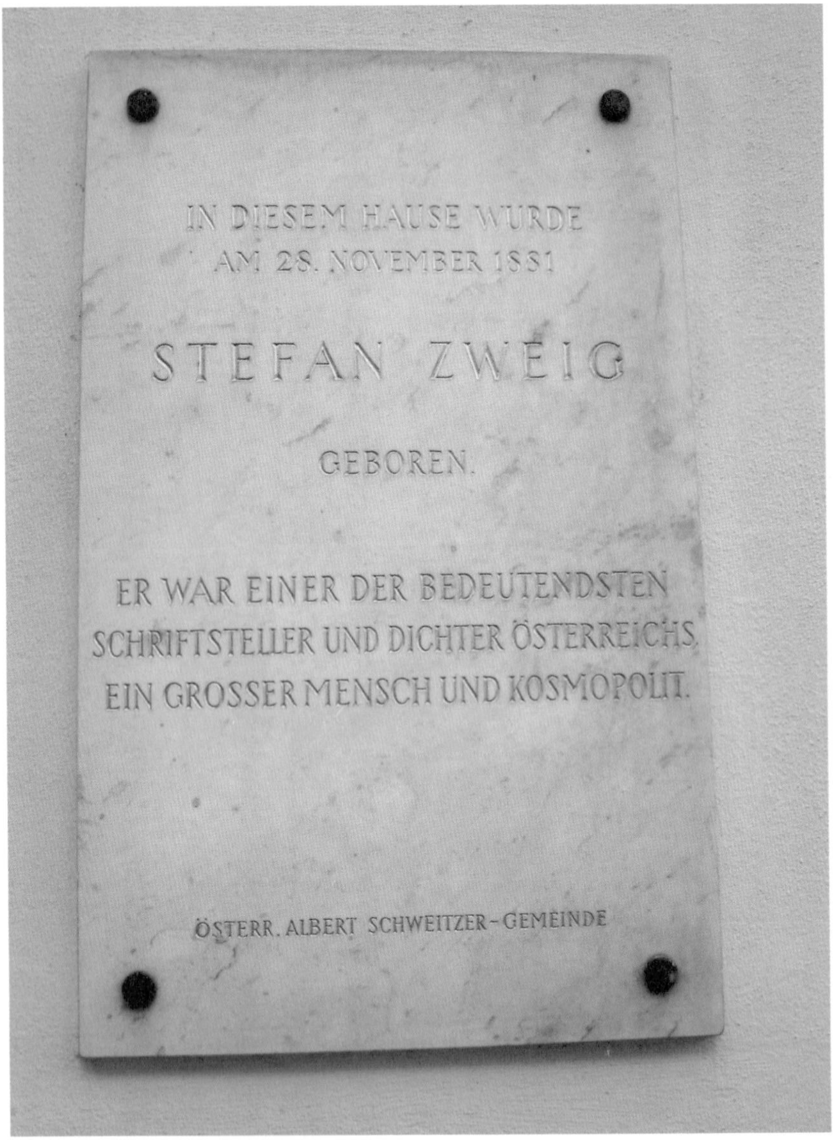
IN DIESEM HAUSE WURDE
AM 28. NOVEMBER 1881
STEFAN ZWEIG
GEBOREN.
ER WAR EINER DER BEDEUTENDSTEN
SCHRIFTSTELLER UND DICHTER ÖSTERREICHS
EIN GROSSER MENSCH UND KOSMOPOLIT.
ÖSTERR. ALBERT SCHWEITZER-GEMEINDE
褚威格誕生屋前的紀念碑。

流居異鄉的失根，和內心無所寄託的失重，遙望遠在另一端遭納粹法西斯洗劫的家鄉，「絕望」日復一日地啃嚙著殷切的企盼。歐洲所提供的一切養分，全在一瞬間蒸發掉了；原本支柱內在的能量，隨著飄零的不安，正虛脫似地快速流逝。最後，心理狀態處於極端破碎的褚威格，仍提筆寫下《昨日世界：一個歐洲人的回憶》（*Die Welt von Gestern: Erinnerungen eines Europäers*）一作，從描述當時維也納的時代風貌起筆，到回顧來時路的黃華已去、杳如黃鶴。他，在盼不到明日曙光的漫漫黑夜裡，做了一個午夜夢迴的抉擇——一九四二年，就在《奕棋》發表後沒幾天，二月二十三日，他與第二任太太雙雙服藥，自盡於巴西里約熱內盧郊外 Petrópolis。

他的筆，最後停在不可告人的絕望。

褚威格自殺三年後，第二次世界大戰結束。

## 海頓、莫札特與貝多芬之間的「古典」奧祕

### Prelude——序曲

莫札特

維也納對古典大師的自豪，不在言下，他們已經化身為全世界的資產。但是，維也納最終自傲——也是他們絕口不提的矜持是：古典樂派形成中，那看不見的「自由精神」；還有，就是「容許」這精神的「自由」。

海頓（Franz Joseph Haydn，一七三二—一八〇九）奧地利人。德國國歌譜曲者，古典交響曲、四重奏樂曲形式的奠基者，晚年受韓德爾（Georg Friedrich Händel）啓發影響，譜下神曲「四季」（Die Jahreszeiten）、「創世紀」（Die Schöpfung）。一七八一年起和莫札特之間的友誼與日俱深，兩人常一起合奏四重奏；貝多芬亦求教與之。

莫札特（Wolfgang Amadeus Mozart，一七五六—一七九一）生於薩爾斯堡，歿於維也納。善作歌劇、器樂協奏曲，自幼旅行演出。二十五歲離開薩爾斯堡後，以自由創作音樂家的身分活躍於維也納，直至辭世。生平最重要的創作成果，皆在此一階段完成。

貝多芬（Ludwig van Beethoven，一七七〇—一八二七）德國波昂人，歿於維也納，曾求教於海頓。其交響曲、四重奏與鋼琴奏鳴曲成為古典樂派巔峰的典範，並為導入浪漫派時期的關鍵人物。

一七九二年十月二十九日，華德斯坦（Ferdinand Ernst von Waldstein）公爵家的訪客留言簿裡，有著公爵親筆的幾行字：「經過長期的波折與不懈，您終究來到維也納，為的是一舉圓夢。此刻，音樂之神，仍在那兒惋泣、嘆息著莫札特的英年早逝。莫札特，在靈感永不枯竭的海頓那兒，找到了精神的避風港；然，卻非實質上的助舉。循由海頓，他更想，還能找到等同層次的對話者。如今，經由孜孜不倦的努力，您，已經由海頓的手中，承接了真正莫札特的精神。」

莫札特譜寫出「費加洛婚禮」的寓所街角一隅。

海頓在維也納昔日的寓所。

樂聖貝多芬所譜的三十二首鋼琴奏鳴曲中，那首讓學子傷神費力的「華德斯坦奏鳴曲」（Waldstein Sonate）題獻的受呈人，就是維也納的這位公爵；而這段話語，則是華德斯坦公爵，對維也納古典神髓的一語道破。

往維也納的東邊望去，是一片平坦無際的平原，連接著匈牙利，一片坦緩接著一片坦緩，甚是無聊。但是，這裡，卻出了一位極有趣的人物，在單調平靜的風光下，他的幽默閃爍點點，向世人狡黠地眨著眼。

朝維也納的西邊行去，則綿延著山陵緩坡，到了薩爾斯堡時，已是山峻陡峭，河水潺潺，有稜有角了。而在這片對比鮮明的山水中，卻出了一位音樂如絲如綢的無憂之子。

這兩個人，將沿著多瑙河的脈絡相向互行，在維也納惺惺相遇，也先後在維也納辭世。承先啟後之際，另外，還加上一個從北方德國來的貝多芬。

這三個人生命中歲月的交集，成了古典音樂最大、不朽的公約數。

海頓與莫札特時期的奧地利王國，版幅遼闊，涵蓋了今天的東歐和巴爾幹半島諸國。首善之都、人文薈萃的維也納，有著皇家與上述如華德斯坦輩流的許多貴族，他們精通音韻，爭奇寵幸音樂家。不過，在匈牙利，卻也有著一位擁有高尚品味與先知般的鑑賞力，並且不遺餘力、熱切支助音樂家的艾斯特赫基（Ester-hàzy）伯爵。

海頓在成為交響樂之父前，就是受惠於這麼一位守護者的長期提攜、庇護。

海頓早年困頓，八歲來到維也納，九歲進入史蒂芬教堂（Stephansdom），成為該兒童合唱團的團員。這間如今有著近千年歷史的史蒂芬教堂，不僅位於維也納的市中心，更象徵著音樂之都的心臟。它，收容了海頓和舒伯特孩童時期歌唱的聲音，直到他們變聲後，相繼墮落人世為止。這些餘音繞樑百年後，化幻成史蒂芬教堂跨年午夜時的鐘聲，其聲傳過街巷，每每魅音恍恍，聳動直指人心。海頓離開合唱團後，領受了近十年維也納街頭嚴寒的考驗，期間，一位好心的女貴族曾讓他寄居在閣樓上，直到他自學苦成，遇到艾斯特赫基伯爵。

匈牙利一片平坦無際的原地，滋養了一個大度的心靈。艾斯特赫基伯爵坦邁大方的人格特質，賦予海頓充分的自由，給予海頓無虞的創作空間。這一來，巴洛克時期那種音樂家和雇主之間的主僕關係，得到一種無形的默契轉換。一種看

An dieſer Stelle
ſtand bis 1849
das Haus in welchem
Mozart
am 5. Dezember 1791
geſtorben iſt.
Geſellſchaft der Muſikfreunde Wien 1927

莫札特辭世紀念碑。

自莫札特譜寫出「費加洛婚禮」的寓所向外望去的街景——維也納史蒂芬教堂。

不見的、珍貴而充分的自由，在海頓手中化成藝術家精神的雛形；甚至，可以說默默地立下一種里程碑似的典範——即在皇室的支持下，經由自覺的萌發，逐漸脫出「制式」的「作曲規定」，馴至一種人格奮力成長的自我要求過程，最後，終成大師一格。

我想，這是所謂「維也納古典樂派」最重要、卻也最被忽視的基本蘊涵。古典，不僅僅在於嚴謹、循規地作出奏鳴曲或交響曲，在這井然不苟的「古典」定義外表之下，海頓那片刻頑皮的隱喻，如夜幕星光，屢屢乍現；而在一片祥和如綿的樂音中，莫札特那刻意安排不和諧的和聲，隱藏了最終的嚴肅；至於貝多芬，那就更不必提了，他乾脆用吵的，在樂譜空白處，怒筆寫下對出版社的不滿：「誰在這裡塗改的，是個驢子！」他聾了，沒關係，罵得再大聲，聽的是別人。至於他和歌德散步，巧遇國王車隊時，也不駐足行禮了，理由是：「他們這些人，是因為偶然投對胎，成為皇公貴族的；而我，我是經由自己奮鬥，來成就自己的。」

樂聖，擺明了：藝術家大於貴族王者。

我們再來回顧前文華德斯坦公爵親筆的這幾行字：「經過長期的波折與不

懈，您終究來到維也納，為的是一舉圓夢。此刻，音樂之神，仍在那兒惋泣、嘆息著莫札特的英年早逝。莫札特，在靈感永不枯竭的海頓那兒，找到了精神的避風港；然，卻非實質上的助舉。循由海頓，他更想，還能找到等同層次的對話者。如今，經由孜孜不倦的努力，您，已經由海頓的手中，承接了真正莫札特的精神。」

一個小小、微弱的自由精神火種，在海頓手上悄悄地點燃。它在貴族宅第的晚宴裡，和水晶燈杯觥交錯地相映著，在這背後，有庸俗的嘻嘩聲，也有略帶嘲諷的眼神，但是，這微乎其微、剎那即逝的小火種，仍有它自身的溫度。它，只要能遇見看得懂的人，就會繼續燃燒下去。它被海頓，交給了莫札特，似乎找到了承接者，自行地自我燃明，猶如莫札特無視於外界身邊的變化，一直寫，寫到與世隔絕，還不自知；譜到安魂曲那裡，還不停筆，停在安魂曲的一半，這火種還披著古典的外衣，繼續燃燒。到了貝多芬手上時，貝多芬已經能「看得見」這火種了；因為，他，已經聽不見身邊的貴族，在晚宴上大聲地談些什麼了。但是，他能讀懂那眼神，他們有些不屑這北方德國佬的口音，對他那不修邊幅的外表，也有些不以為然，但最重要的是：這些深諳音樂藝術的人，對貝多芬手上那

貴族寓所。貝多芬的交響曲、四重奏與鋼琴奏鳴曲深受王公貴族喜愛，經常受聘教學與演出。

貝多芬曾出入的貴族官邸寓所。

神奇的光芒驚嘆萬分，不懷好意地想把它吹熄，卻怎麼吹也吹不滅。這下，不安的，是他們了。

艾斯特赫基伯爵無意的大方，成就了一項令世人享惠不盡、又不覺其存在的藝術偉業。它，深藏在歷史的洪流底層，同時，卻是最重要的藝術精神——自由人格的養成。海頓，有了它的照明庇護，在經歷了早年的困頓之後，仍然幽默處世，見歷益廣，最終晚年大放光彩地寫下了「創世紀」、「四季」神曲。這期間，海頓遇到了莫札特，藉著兩人合奏四重奏時的默契，趕緊悄悄地把這奧祕傳給他（事實上也不是什麼祕密，只是看得懂不懂而已）；而莫札特燃燒的速度太快，快到來不及說清楚，只顧自得其樂兀自熱情地演了一回，就給了貝多芬了。貝多芬因隔離了五音相擾外界的善與惡，所以義無反顧的、只顧著讓這奧祕宏大蓬勃，耳疾、耳語，皆不在考量中。他手上的火種——那已經不算微弱的光芒——在他葬禮時，引來了成千上萬的送行者，堵住了維也納的街道。

維也納對古典大師的自豪，不在言下，他們已經化身為全世界的資產。但是，我想，維也納最終自傲——也是他們絕口不提的矜持是：古典樂派形成中，那看不見的「自由精神」；還有，就是「容許」這精神的「自由」。

## 附記．海頓軼事

海頓「創世紀」神曲的手稿第一頁，寫的不是標題（Die Schöpfung）或題獻給人的落款，而是Chaos，意指「渾沌、亂七八糟」。他的筆跡清楚透露著，在以韓德爾（Georg Friderich Händel）為榜樣譜這曲時，所遇到的艱困奮鬥、以及回顧來時路的心歷路程，最後，完成之後，還不忘在首頁落筆自嘲消遣一番。

海頓晚年住在維也納，他有一張名片，上面印的不是頭銜或住址，而是以下這幾行字：「我又老又病，已氣若游絲了。」凡是他不想去的應酬，皆遣人送這張名片去。

交響樂之父——海頓

# 克林姆特的畫塚

## Prelude——序曲

克林姆特（Gustav Klimt，一八六二—一九一八）生於維也納，父親為珠寶鑲嵌工匠，幼時擁擠的家中，凌亂的工作室與散置的閃亮金黃碎塊，成為克林姆特日後筆下一再出現的回憶光影。克林姆特藉獎學金得以就讀維也納美術學院，另有兩名弟弟也同為畫家。他於一八九七年特成立所謂的「分離派」（Secession），或稱「新青年」（Jugendstil）風格，與傳統寫實走向的畫風分道揚鑣，為維也納世紀末（Fin-de-Siécle）藝術上的重要指標。

克林姆特

他那身為服裝設計師的終生女伴芙勒葛（Emilie Flöge），亦多出現在他筆下（如《吻》〔*The Kiss*〕）。委託克林姆特繪製畫像的，多為當時維也納富裕的猶太實業家，如哲學家維根斯坦（Ludwig Josef Johann Wittgenstein）的姊姊之名媛、名仕等。畫風晚期受到日本東方文化的吸引及影響。生平代表作品如：《吻》、《艾蒂兒》（Adele Bloch-Bauer）、《貝多芬壁畫》（Beethovenfries）等。

一九一八年隨奧匈帝國的隕歿，同年，克林姆特離世。

翻開《浮士德》，就是句感嘆：「神學，法學，醫學，『遺憾』的是還有哲學！窮經皓首，一輩子竭盡己力地深深探究……」這是在閱歷了人生迭宕起伏與徜徉浩瀚書海之後的蒼涼感嘆。浮士德蒼老的嘆息聲，也許震動了歌德的心緒，讓他心有戚戚，對這些深奧學問背後的真諦，發出疑惑。於是，一代文豪，打算為浮士德最後的生命著色；為自己日漸蒼白的歲月，找回一縷青春。他，開始用一種「遺憾」的筆觸，調上「魔鬼」的顏色。

歌德，讓憚精竭慮追求人生意義，終成白髮的浮士德，把靈魂交給了魔鬼；而這筆交易，則讓歌德琢磨了六十年，才談成。經歷了誘惑、試煉、滄海桑田之後的浮士德，最後昇華的光環、靈魂的救贖，則藉由女性來點化完成。永恆的女性，這在維也納世紀末的畫家克林姆特的筆下，一再地被歌誦。

神學、法學、醫學、哲學，是西方學術傳統裡的主軸核心，也是撐起學術殿堂的四大支柱。在傳統上，缺少其中一項人文的欽點，則不具備構成一所大學的條件。但是，歷史六百年之久的維也納大學，宴會廳裡天花板上的壁畫，卻缺了四個象徵這四門學科的基盤要項，一世紀以來，整個華麗穹頂上的繽紛壁畫，卻有四角赤裸裸的水泥壁底。黑白、彩色極強烈地映照著，到底出了什麼事？一個歐洲最古老的大學，怎麼讓門面醜陋粗鄙？

因為，克林姆特把《哲學》（Philosophy）、《醫學》（Medicine）、《法律》（Jurisprudence）之繪收回了。

一八九四年，那時的維也納還是奧匈帝國的天下，皇家官方委託克林姆特，為古老的維也納大學繪製三幅壁畫。大學教育部企望能呈現：「光明戰勝黑暗」這主題的寓意；也就是受知識、理性啟蒙，進而驅走愚昧之意。乍聞之下，十分理性，符合學術精神，但是敏銳的人，卻從中嗅到一股八股的味道。在此，我預感到一個會分歧、對峙的結局，因為，克林姆特不是那種按題作文的學生。

這幀官方畫框，是禁不住想像力的深度、和創造力的爆發衝擊的。克林姆特筆下熠光炫麗的世界，自世紀末（Fin-de-Siécle）以來，一次又一次地探索自我、觸碰極限。攪和著道德與邪惡的試探；慾望與不安，皆隱附在女性虛柔、理所當然的嫵媚中。

在那段期間，維也納的分離派漸漸為「世紀末」畫下了令人驚豔的一瞥。克林姆特先從「哲學」著手。羅丹（Auguste Rodin）雕塑巴爾札克（Honoré de Balzac）時，面對的至少是一個「人」；至於「哲學」，要怎麼畫？這幅寓意深遠的畫作，布局一分為二，畫裡左方男女老幼交錯，載浮載沉，映現出世上人類所追求的愛情、幸福、知識，皆如幻影；儘管有理性、冷靜的知識，但是主宰命運的力量，始終如一。畫中，有恣意漫爛的小生命，無慮的憩附在沉重、卻卑微的男人肩膀上，有女體無法自已地隨命運的波濤逐流，有低首頓坐、摀面沉思的仕女，也有枯槁婦人的絕望哀傷。右邊，則從渾黑幕底中，緩緩浮現一朦朧女面，如浮雕，如預言的先知。此刻，大廳裡，突然響起琴聲，一位中年男子，在廳裡自顧彈奏著，眼中的黑白壁畫，在我眼中，頓時變成繽紛的彩色，克林姆特那塊塊金色的筆觸，似乎矇著我的視野，點點抖落，彷彿天諭，帶出了一片從容，延展了空間的密度，隔絕了畫裡的人世和天意。但是，那看不見的命運女神，秉著與生

克林姆特畫作《醫學》，成於 1901 年，1945 年銷毀，此為維也納大學重製品。（圖片來源：Wikipedia Commons）

克林姆特畫作《哲學》，成於 1900 年，1945 年銷毀，此為維也納大學重製品。（圖片來源：Wikipedia Commons）

俱來的諭旨，並不會因她那如地母般的儀態，就有所仁慈通融，左邊那些纏繞不清的生命的掙扎，只不過是她綿續、貫徹她「使命」的工具罷了。

我彷彿聽到了這幅畫與浮士德之間的隱喻。

不過，在這一片對比、無奈、糾纏的現實中，稍不注意，就會忽略壁畫下方一張女人的臉：黑密蓬繞的頭髮，神祕地蓋過半張臉，雙頰上映著不是暈紅，而是股幽光。目光，則隨著雙頰的幽光，瞄向上方且寓意深遠——不懷好意——斜斜嬉謔地望去。這下，我真懂了，是浮士德的呼喚，沒錯，女子的目光，等於魔鬼的交易建議；而上方華麗、銀鈴般的金點，則是最後救贖。

這幅畫，被大學裡的八十七個評議委員打回票了，那是一九〇〇年的事。世紀交替，弗洛依德的《夢的解析》問世，但是，藝術的腳步太前衛、太令人不安了。維也納拒絕了克林姆特的藝術哲學；不過，同年，這幅《哲學》，在巴黎的世界博覽會，榮膺金牌。

接下來的一年，又有事了。

克林姆特的尺度，又踰越了，這次，是《醫學》。

克林姆特筆下全是女性的世界，老的、豔麗的、邪惡的、懷孕的、凋零的、冷漠的、詭異的、無辜的、陶醉的、嘻鬧的，無一不是刻畫著女性的永恆與嫵媚。這次主宰「醫學」的，又是一位女神。希臘神話中緒己雅（Hygieia，也是「衛生」一字之由來），和艾司可勒普（Äskulap）兩人所生的女兒，發明了療緩、治癒疾病的學問，也是醫學的典祖。她手上纏繞的那條毒蛇，將煉出苦口良藥，並成為日後代表藥局的標誌。醫學女神居高臨下，流金華貴地望著來者，雙手側肩，撐起一片生老病死。她左上方的一位女子，豔醉地托著腮，也許，沉醉於自己的顏容；也許，滿足於現狀的體驗。對啊！醫藥，可以研鍊成女人的美容品啊！女子的優雅的髮波與嫵媚的身段，猶如柔指輕撥水中，纏繞指間盪漾的水草，淡淡不著痕跡地撩人思緒。

和女子上方成強烈對比的，是頹廢的黑色，加上點點金黃的筆觸，這是維也納世紀末的顏色。半透明、舞動的黑紗，是骷髏和女子共舞華爾茲的旋律，在腐朽的前一刻，以黑紗包裹和死亡交纏著；而這，又和旁邊另一女子的長長黑髮，融成一體，閉眼的女子一付安祥醉漾，渾然不覺，但是面容卻已由淡淡的筆觸，透露出黑暗的死訊。

生命的循序漸進，是彼此的不著痕跡，環環相扣，無奈，卻又極其自然。

克林姆特畫中的男性，一向屬於點綴角色，區區可數，就算出現，也幾乎以背部對著觀視者，僅具道具及襯托功能。在這幅《醫學》裡，昂首的醫學女神旁，蜷縮著一個男人，仔細一看，克林姆特竟還讓他皮開肉綻，悚然地露出節節脊椎骨。我們看到生與死之間，留下深深的痛楚鴻溝；而這鴻溝在畫裡，又劃分出生命的殞滅與演進的過程。左邊，一個向後傾即將墜落的女子，僅以隻手嬉謔、不安地和生界攀附著，生命的界線，克林姆特讓它留白，它，存在於綻放和即將逝去的那一刻。

接下來，克林姆特語不驚人死不休似的，一九〇三年又畫了一幅《法律》。在這幅畫裡，男人的地位更低了，他是被審判者，不但如此，還被一隻章魚纏繞著。男人雙手反綁待審，低頭懺悔，肩胛骨甚至如蝙蝠似的，邪惡地凸了出來，大章魚盡責、目帶馴光，一副守候發落般地，等著面前三位女性開口裁決，這三個分別象徵「法律」、「公平」、「真理」的女人，一語不發，畫，就凝結在這一片沉寂中。

中間那位女子，以手托腮，面無表情，目光冷漠地（甚至只張開一隻眼睛）盯著眼前的男人，好整以暇的模樣，讓冷峻的內心世界，透露出一股無言鏗鏘的

克林姆特畫作《法律》，成於 1903 年，1945 年銷毀，此為維也納大學重製品。（圖片來源：Wikipedia Commons）

力量。沉沉的，雙膝撐著雙肘：「嗯……該如是發落……」。沉默的審判，其威力遠甚於喧鬧撻伐的力量。

一九〇〇年的《哲學》，不合時宜；一九〇一年的《醫學》，引起紛紛議論的騷動；一九〇三年的《法律》，已經觸到極限，官方受不了了。一九〇五年，克林姆特把官方預支的酬勞費用全數退回；同時把《哲學》、《醫學》、《法律》這三幅畫收回。

克林姆特也受不了了。

我們且看克林姆特如是說：「夠了，受夠了，這種官方的審查尺度，我要自力救濟，我要脫離這種限制，我要甩開這一切可笑的、阻礙我工作的惱人不快，回歸自由。我拒絕接受任何一分的官方資助，我放棄他們提供的所有一切。最主要的是，我要和教育部官方這種對待藝術的態度作戰。這個國家的每一項措施，都是『違反』藝術本意、『有違』藝術家本質的。受到保護的，是那些虛偽、無力的藝術；至於真正的藝術家，則屢遭非難。關於這點，我不在此細表，但是，我要為他們鳴聲，讓真相落出。」

很熟悉的場景，不是嗎？藝術一旦遇上政治，就立即失色，掉落所有的色彩，變成黑白——甚至空白。

這三幅畫，原來應是如何的奪目繽紛，至今無從回顧得知，他們今天留世的面貌，是黑白的影版仿製，因為，當時的克林姆特不知道，更大的藝術災難，還在後頭。

畫家收回著作權，和官方翻臉後，還好，維也納一些熱衷、推崇高尚文化的資產家，樂於高價收購，一對極富裕的猶太實業家夫婦，買下克林姆特的《法律》和《哲學》這兩幅畫（女主人也曾是克林姆特畫中的人物）。不過，當希特勒一九三八年來到維也納時，這些文化財，全數納入囊中，被放置到郊區的一座城堡內（Schloss Immendorf）。希特勒曾經是維也納美術學院的榜落孫山（不然，就成了克林姆特的學弟了），對藝術的喜愛不下於他對政治的狂熱，四處蒐集藝術品，特別為之建造博物館，以集大成。不過，他也是有另類品味與尺寸的，有些畫在他眼裡，屬於「墮落變質」藝術，是不合規格的，比方說：克林姆特這三幅《哲學》、《醫學》、《法律》。

尺度不合的書可以焚；那麼畫當然也可以燒。於是，一九四五年五月的一把火，結束了所有紛爭，克林姆特對學術的詮釋，盡成餘灰。

這三幅畫炫麗人間的時間，不超過半個世紀，僅僅留下三張偶得的黑白照片，讓後人猜臆它該是何等的耀眼動人，迷惑人心。經過一百多年後，大學似乎想起了那還空著的四個角落，灰灰的水泥牆，無言的提醒，讓人們漸漸清醒過來。

這三幅畫，該是回去的時候了。

二〇〇五年維也納大學以黑白照片為藍本，複製了這三幅畫，在一片繽紛彩色的天花板，安置了黑白的《哲學》、《醫學》、《法律》。

他們，在褪盡喪失所有顏色後，總算回到原來的地方了。

幽默魂——舒曼

## Prelude——序曲

舒曼

一個躍入萊茵河的人，他的精神狀態已經耗盡了生命。他曾經在海德堡和萊比錫念法律，但是卻醉心文學，後來發憤學琴又把手指頭弄傷了。一八三四年，他創辦了一份《新音樂雜誌》（*Neue Zeitschrift für Musik*），一直到今天，這份雜誌都還發行著。一八一〇年，舒曼（Robert Schumann，一八一〇—一八五六）誕生於德國的茨維考（Zwickau），幼時醉心文學，後棄法律念音樂，在成為鋼琴家的夢碎後，改而作曲。中年為精神病所苦，投萊茵河獲救後，被送入波昂的精神病院，兩年後辭世。妻子克拉拉（Clara Schumann）則比他多活了四十年，為當時歐洲名重一時的鋼琴家。

他的人生在浪漫派時期留下一抹文學加上音樂的憂鬱，不論人生是否能浪漫隨性，還是憂鬱居多……

他是舒曼。

⁂

幽默，顧名思義：肇因於致虛守靜，正如茨維考給舒曼童年的那段平靜。帶著一種剛從舒曼家掬取洗滌過的靈感，我在幽默之間的音符，凌空收放，出入自如，那是一種極自在的體驗，一種毫不遲疑的直觀。

舒曼的鋼琴曲「幽默魂」（Humoresque）可算最貼近舒曼內心世界的音樂精神圖像：隨性、卻又理所當然的邌起轉換；柔情、渴切但又向內退卻的脆弱，莊嚴的出場，毫不遲疑的當下，往往代表著下一刻縹緲的思緒、愁鬱的濫觴。兩者共輔共存、焦孟不離，那望似矛盾組合而成的張力，卻是舒曼人格的精神本質。

「好了！對音樂的直覺能力已豁然而出，一切已一體全觀，我們可以下課了。」教授笑著，語畢，自行瀟灑地愉快步出教室——步出這間拍攝電影「鋼琴教師」（Die Klavierspielerin）實景的教室。

留下微微驚愣的我。

那堂課僅僅五分鐘。

∾

十五年前的德東小鎮，和一八一〇年時的樣子有什麼不同呢？茨維考，一個名不見經傳的小鎮，沒有觀光者的腳步會踏上那裡。兩百年了啊！舒曼那兩層樓高的紅瓦房依然安在，穩當當地守著市中心的廣場；湯瑪士．曼，在呂北克（Lübeck）的祖宅，也是堂而皇之地位在一個重商的漢薩（Hanseatic）小鎮的廣場。

舒曼的父親是位書商。細細品賞、審視藏書，是我在了解每一位傑出的靈魂時，必實踐的好奇。因為，這會確切無誤地告訴我，那個與眾不同的心靈，是如何形成的，我可一書一冊、按圖索驥地體驗著每一本書對他的話語，了解他的人格脈絡紋理的培育過程，這是一種凌越時空的默契，一種微觀的對話凝視。

舒曼家的藏書，以今天看來，不多，就那麼兩大書櫃。但這些皮冊精裝的書，在兩百年前可不是小事，是一位書商、接觸出版、頻繁進出文學領域的人，才擁有的特權。在這種家庭氛圍下的孩子，最早接觸的是文學，是語感的美。

這是舒曼。德國（十九世紀）浪漫派時期文學與音樂的代言者，一八一〇生在這個寧靜的小鎮，一八五六年歿於波昂的精神病院。我站在他出生成長的房子裡，不知如何對語。

因為，他以後要面對的人生是：在海德堡念法律還是捨音樂的掙扎；在萊比錫該走文學還是音樂創作的猶豫；在杜塞朵夫（Düesseldorf），跳，和不跳萊茵河之間的抉擇。只有最後的——「瘋」，由不得他。

因為，這不只是 Eusebius 和 Florestan ①的對話，而是「現世」和「出世」之間的慣例。

但是，這一切在茨維考，仍然是一片安寧詳和，一個人的童年，有此權利。

置身於這棟古樸的樓房內，這是小舒曼曾經蹦跳跑過的地方，這裡，一定有他朗朗唸書稚嫩的聲嗓，甚至潛心閱讀的平靜午後。

我曾經站在叔本華（Arthur Schopenhauer）至今沒有對外公開展示的藏書前，發愣；然而，在茨維考卻又有些不同的感觸。因為，這些伴隨舒曼童年的書，是何

---

① Eusebius 和 Florestan 是舒曼塑造的二個性格截然相反的角色，用以在文學上，音樂上詮釋他內心世界中不同的兩個面向。

舒曼的妻子，鋼琴家克拉拉。

德國音樂家布拉姆斯。舒曼夫婦落腳德國杜塞朵夫時與之結識，爾後才有樂壇那段為人所知的浪漫情事。

等的不可或缺，它日後將主導一支「新音樂論評」鋒芒健筆的月旦風格；決定了所謂「樂評」此一文款，更重要的是：它還在帶出了對蕭邦（Frédéric François Chopin）、布拉姆斯的讚頌之後，於人類的藝術文明軌道上，形塑成一個蘊涵著文學的、音樂的「浪漫」精神。

文學與音樂，對舒曼來說，是孟不離焦，焦不離孟。而那不離的焦與孟，在舒曼的音樂上，叫做：Eusebius 和 Florestan。一個，代表內向的舒曼；一個，象徵不羈的舒曼。它們在他的創作裡，反覆出現，交替繾綣，撲朔迷離。

舒曼，一直藉由文學與音樂來刻畫自己；也在兩者之間依違徘徊，躊躇不定。事實上，他也不必再猶豫了，因為，兩者皆是他，他存在於兩者意境之內，情理之中，渾然一體矣！只是，人要認知到這點，很難，往往很費時也很費事。因為這是個太明白不過的事實，所以，遲遲不敢承認。

這麼理想化、這麼的浪漫！讓我想起舒曼日記中的一段話：「我彷彿夢見，自己差一點在萊茵河溺斃。」那年，他十九歲。

我不知人的預感能不能成為宿命的預言，但是，這段話是舒曼在離開了小鎮茨維考後才寫的。但是，有個偶然倒是成了宿命，那是克拉拉的來到。那時這一位縱橫歐洲樂壇的小小女神童來到這個小鎮演出，音樂會結束後，舒曼的母親牽起克拉拉的雙手，溫柔地問她：「妳以後做我們家羅伯特的新娘好不好？」

這是只有當了母親的女性才具有的直覺。

這些點點滴滴，都發生在茨維考平靜的日子裡。生命的交錯，吉光片羽，即便是一點一滴；縱然剎那後，又各往各的路前去，但，那絕不僅僅是偶然。

一九五六年時逢舒曼百年逝世之忌，東德政府把他出生的房子定為博物館紀念。他的書櫃，他的鋼琴可以重現，但我認為館內那間音樂廳，不在此「可以重現」的範圍之內。它，事實上未曾斷過任何一個與文學、音樂心靈的聯繫。這是我在十七年前，在這間舒曼家裡的音樂廳演奏完後，持續至今的唯一物語。

因為，生命中有些事情，只准發生一次，不・再・重・複。

走在小鎮的石板路上，教堂，廣場，舒曼的小鎮，倘佯在舒曼還沒有決定任何人生方向的小鎮時光，停留在他對聲音極度敏感、不安的初顏。步行到小河畔時，我知道，舒曼有個姊姊在這裡投河，太纖細銳敏、不堪負荷。

那舒曼呢？

憶起在杜塞朵夫，舒曼夫婦初識布拉姆斯時的居所，斜街角是海涅（Christian

尼采曾經的情人，露·沙樂美。其文字直攫城市風貌的能力，媲美舒曼在「維也納狂歡節」鋼琴曲中對維也納這感官、感性面的準確判斷。

Johann Heinrich Heine）文獻館，那時的舒曼，是處於中年豐收、成熟綻放的生命階段，他那受重望的革新精神得到四周友人的期許；而他的妻子克拉拉在這裡，則首度有了自己的琴房。多令她雀躍、喘息的平靜！

但是連接中年成熟、豐富穩健的下一步，隨即是準備下坡頹壞的一秒。這在杜塞朵夫的舒曼身上，看得最清楚，他跳進了連我看了那湍急的水紋後，也禁不住要被一股無名推力捲入的萊茵河。

這種起落，成就與波動，在茨維考我絲毫感覺不到，那有一種孩提時期祕密基地般的靜謐與平凡，雖無庭園，但一片靜好。

維也納也沒有留人。倒是給了克拉拉一個大於男性的榮耀：皇家贈封她一個「皇室音樂家」的頭銜。

舒曼對維也納的短暫感覺，是一種嘉年華的絢麗。是啊！維也納的二月，是真實，也是不真實的世界，那些奪人耳目、色彩繽紛的化裝舞會，從歌劇院到市井小民；從兩百年前到今天，在深冬的白雪裡，熱鬧地點綴、舞著。舒曼在他的那首「維也納狂歡節」鋼琴曲，倒是直接地捕捉了維也納那深不為人知的、深具官能性的一面。這種直攫城市風貌的能力和對維也納這感官、感性面的準確判斷，我僅在露・沙樂美（Lou de Salomé）——這位尼采（Friedrich Wilhelm Nietzsche）心儀卻又懷恨的女性——對維也納的評價中，真正無誤地見過一次。

維也納太官能了，不適合舒曼的纖細沉鬱。她的感性變成化裝舞會的狂喜，也好，幫舒曼省了一份不安。我又想起那堂生平最短的五分鐘的鋼琴課，那是在造訪茨維考後、在舒曼的寓所演奏後、在走到舒曼生活的起點後，才得到的禮物——一種直攝藝術蘊涵的直覺能力。

我想，一切敏銳、本質、體驗，在炫麗熱鬧中無法尋覓；它，來自那棟素面紅瓦的致虛極、守靜篤，兩層樓的舒曼家中。

# 美感，來自孤寂的凝視——蕭邦

## Prelude——序曲

「為要走出自己的一條路，忠於高貴——這聽起來也許太獨創孤絕——我不會在這追尋高尚理念的道路上，模糊、通融的。」——蕭邦初至巴黎物語。

蕭邦

蕭邦（Frédéric Franç ois Chopin，一八一〇—一八四九），波蘭和法國的繆思之子，一輩子用鋼琴來表達自己。我們稱之為詩人，不外是那如絲如綢般的靈感，不斷地藉由音符流瀉撫慰過聽者的心靈。浪漫派時期獨樹一格的作曲家舒曼，曾在他所辦的《新音樂雜誌》裡以激賞的語氣為這不凡的靈魂喝采。當然，一切的非凡，不能久留於世，蕭邦僅僅活了三十九歲。

位於布拉格市中心的蕭邦浮雕紀念碑。蕭邦 1829 至 1830 年間曾落腳於此。

美感，來自孤寂的凝視。

一八三一那年，一位清瘦的年輕人，以清明澄澈的雙眼，左右顧盼了一下，乘上了達達馬車，纖細的背影，繼續向西行去，向西行。這趟西行的結果是：從鄉間的寧靜，經過市民階級，過渡見識了皇家的華麗宮闕，最後，選擇沙龍隱隱謐謐的低調，落腳巴黎。這是蕭邦一百七十年前的選擇。

凡登廣場（Place Vendôme）十二號停留在我的記憶中，是一隻血肉有緻石膏塑的左手，陳放在紅色的絨布上，那是蕭邦臨終之際取下的手模型；拉佐瓦沃（Żelazowa Wola）唸起來噥軟呢語，白屋亮瓦門前的兩根柱子，坐落於一片謐靜當中，我在蕭邦的雕像前，只能輕輕地放上一支玫瑰；維也納市中心皇家官邸前的大街上，一棟已翻新的房子牆上，僅立著一面毫不引人側目的浮雕紀念碑，道出蕭邦一八二九至一八三一年間曾落腳於此；最後，巴黎，蕭邦渡過十八年的地方，也只留下一張生平唯一的照片。

這一切都是那麼的模糊不清。這讓我想起，自己是曾經如何不斷地試著想看清楚這個人間不俗的輪廓。一直到年紀稍長，才能慢慢了解那個祕密藏在哪裡。我想從他的童年說起：華沙郊外拉佐瓦沃那棟白色的別墅，好美，好幽靜。房間裡透進來淡淡金色的陽光，在春寒料峭的時分多麼可貴，這是蕭邦小時候度過的所在。朝聖人群去了又來，但並沒有沖散一種無憂無慮的自然氛圍。

對著窗外新綠，望去。

我想，在這間寧靜的房子裡長大的孩子，一定有個纖細的心靈吧！轉首之間，我看見了蕭邦譜寫的歌曲集，那是十多年前的事了。

華沙大學。我在大學裡走著，但是心裡掛念的是大學門口對面的那棟房子，因為蕭邦後來住在裡面。面對大學正門，人文書風，城市居民的穩篤；但那不是博物館，不知能不能進去？我偷空，趁著空閒前去。應門的是一位老先生，我客氣地表明來意，並謹慎地不讓德語的腔調太過於「德國」，寧可帶著點維也納式的柔軟。因為，那個年紀的波蘭人，像台灣戰後的老一輩熟稔日文一樣，幾乎都會德文，那是殖民戰爭烙在他們身上的文化傷痕。果然，老先生一開口就是流利的德文，樸實的身影，拿著鑰匙打開門，隨著映入眼簾的敞亮客廳——他給了我一個永生難忘的回憶——進入蕭邦的家中。「這是蕭邦的家啊！小蕭邦就在這裡

蕭邦誕生的白色別墅，位於華沙郊外的拉佐瓦沃。

西班牙瑪釉珈島（Mallorca），蕭邦落腳的居所一景。

跑來跑去。不過，都沒有人會來……」他邊說著就退到一旁去了。

我臨走之前，望了一眼五斗櫃上那只鐘；至今，仍記得那時鐘停滯不走了的模樣。

小蕭邦跑跳嘻鬧的影像，這句話一直停留在我腦海中。在很久以後，偶然得知，蕭邦中學時代，極善演戲模仿（想必然爾，先遭殃的一定是學校的老師了。）日後，他在法國的一位音樂友人曾感嘆著說，他演戲的天賦沒發揮到，實在太可惜了！這種青春胡鬧嬉戲的外表下，事實上，藉此，得以保藏了一個極纖細易碎的心靈；正如「大智」，須要「若愚」的外衣來披飾。因為這樣一來，蕭邦才得以嬉鬧、得以初戀、得以和家人聚首晚餐，夏天時，得以到鄉間找朋友。這些人倫常理的作息，允許他汲取正常生活中賜予的養分。當然，以他的天賦，音樂會登台是有的，但是在那段中學成長的過程裡，他並沒有「出售」才能。因為，一件事——尤其是有關物質的事，一旦變成一切，就得用全部的靈魂交換。

蕭邦和舒曼是兩個沒有選擇維也納的人，他們僅僅是過客。維也納和巴黎有何不同？蕭邦捨維也納、選擇了波特萊爾（Charles Baudelaire）《惡之華》（*Les Fleurs du mal*）的城市，進入了一個視覺、文學朦朧融合為一的沙龍。巴黎，允許李斯特

（Franz Liszt）的豪氣萬千；也允許蕭邦的內蘊精緻。沙龍，沙龍，卻也讓蕭邦真貌難窺。

沙龍，有誰？有文學家巴爾札克、大仲馬（Alexandre Dumas），有音樂家李斯特，有畫家黛洛克瓦（Eugène Delacroix）；沙龍，要機智妙語，要聰穎對彈；沙龍，不對外開放。

在這關起的門外，我只聽到蕭邦剛到巴黎時的一句話：「為要走出自己的一條路，忠於高貴——這聽起來也許太獨創孤絕、不盡人情——我不會在這追尋高尚理念的道路上，模糊、通融的。」這是他拒絕一個願意無償教他三年鋼琴的人時講的話。

但是，誰能教蕭邦鋼琴？誰能比蕭邦的靈魂高貴？這高貴的理念是什麼？詩意、靈性，似都不足以言宣道盡。蕭邦要的是Nuancen：精細入微之處。一種來自孤寂凝視的美感。

無言。

看來，我們都會錯意了。蕭邦要的是孤寂的細膩，極力避免面對大眾，寧選擇在沙龍暈暗的燭光下娓娓道來述說著他的音樂；但諷刺的是，卻一反初衷地變

蕭邦落腳茯得慕紗時曾經住過的斗室。蕭邦在病重時曾向友人表示：「望著窄窄長方形的天花板，整間房子對我而言，好像一個巨大的棺木……」

西班牙小鎮華得慕紗（Valldemossa），蕭邦與喬治桑曾在此駐居。

成全世界音樂廳最受寵愛的作曲家。就連他夏天在喬治桑（George Sand，一八〇四—一八七六，法國浪漫主義作家）鄉下的家中和畫家黛洛克瓦討論美學的時候，也這麼輕聲，小聲到當今世人都不察。

如果，一個音樂家和另一個領域的藝術家一起討論「美學」的話，那，這將讓他的音樂不凡於塵俗。

真要接近蕭邦的心靈的話，也許，西班牙瑪釉珈（Mallorca）島上的那架 Pleyel 鋼琴，才有可能還原給他真面目。到底，在那架琴上和瑪釉珈霪雨連連的天氣下，誕生了鋼琴前奏曲（包括著名的雨滴前奏曲）；到底，那款法國琴是蕭邦所有作品——Nuancen：精細入微之處——誕生的來源。

踏上瑪釉珈島的那一刻，想著身為法國作家、女權運動先驅的喬治桑於一八五五那年的一句話：「如果不是被迫，怎會動身旅行？」「旅行主要的目的通常不是『旅行』的本身；而是旅行前的『出發』。」在這前提下，蕭邦和喬治桑（以及喬治桑那有待養病的小孩），在一八三八年的冬天，來到這位於地中海的島嶼，企盼藉著南方的陽光，能讓罹有肺結核的蕭邦，撇除蒼白的臉色。

筏得慕紗（Valldemossa），是他們落腳的小鎮。小鎮有個修道院，綠色的鐘塔，淡淡褐色的石磚，經過歲月和蒼鬱濕氣的浸潤，緩緩散發出一種暈潤的色澤，彷彿影射著蕭邦的詩意。蕭邦和喬治桑，下榻在僧侶的修道場域，也許，他們已習慣、也浸淫巴黎那種奢華的沙龍排場；但是，事實上，一個真正潛心功課的藝術家，過的日子，就和僧侶是沒什麼兩樣的。靜心諦觀，見性生慧。孤獨中，一再的自我要求，為的，就是精緻靈性化的生活。這一來，蕭邦為一段樂句改寫個百遍，滿牆謄改的樂譜手稿，也是常事了。吟安一個字，捻斷數莖鬚。苦吟，Nuancen 由此而來。

Valldemossa（莜得慕紗）唸起來不知為何，總令我感到感嘆低盪。一路沿著修道院的古牆而行，迴廊傳來腳步的聲音，步入蕭邦曾經住過的斗室。那時蕭邦病重，曾在信中對友人表示：「望著窄窄長方形的天花板，整間房子對我而言，好像一個巨大的棺木……」語間仍有一慣的自嘲，琴架上放著蕭邦隨行攜帶的巴哈平均律；但看到這闃寂之室，我懂了，在蕭邦的音樂中，即便是激動澎湃的地方，那也是因被困在寂寞裡的孤絕之心，在覓覓尋找出路之下，所無法釋去的激切狂怒。

從瑪釉珈島又回到巴黎。

巴黎凡登廣場十二號有一位老太太，守著蕭邦辭世的寓所。十七年前叩門時，心裡根本不敢奢望有人會來應門，因為那緊閉的門沒有任何博物館的示牌或者開放時間。門縫裡出現了一位巍巍顫顫的老婆婆，望見她的第一眼就知道，這絕對只講法文的。她佝僂的背影，引領我進入一個幽幽暗暗紅絨布的廳裡，以大方的手勢展現一個蕭邦臨終之際的場景給我，裡面蕭邦那蒼白石膏的左手、靈秀筆跡的手稿，又是一個無言的面對。

我不得不想起，華沙那位老先生和巴黎這位老婆婆，他們開門的姿態是一樣的。兩個老人靜靜守護著不對外敞開大門的寓所，知道旅行者的心靈在找什麼，釋出一個時空，展示了一個祕密。

他們像一把開啟沙龍的鑰匙，聚焦似的，讓蕭邦的輪廓，在我面前慢慢地清晰了起來：一種孤寂凝視的美感。

## 與尼采的夜半對話

### Prelude——序曲

尼采

「沒有音樂的人生，是一種錯誤。」尼采如是說。

尼采（Friedrich Nietzsche，一八四四－一九〇〇），德國哲學家，生於德東勒艮鎮（Röcken）的一個牧師家庭，早年喪父。中學就讀於家鄉附近瑙堡鎮（Naumburg）的芙塔學苑（Schulpforta）時，即展現了對希臘文化及音樂與文學的傾愛。二十四歲時任教語文學於瑞士巴塞爾（Basel），提早退休後，旅遊著書為期十年，最後發瘋於義大利的度林（Turin）。晚年，呈半癱瘓狀態在德國瑙堡鎮渡過，逝於威瑪。著有《悲劇的誕生》（*Die Geburt der Tragödie aus dem Geiste der Musik*）、《查拉圖斯特拉如是說》（*Also sprach Zarathustra*）、《人性太人性》（*Menschliches, Allzumenschliches*）等，其哲學理念所宣告：「上帝已死」、「超人哲學」，顛覆了西方慣有的理性傳統，影響後世深遠。

⁂

佇立在這架鋼琴前，望著擱置在架上的譜稿，昏暗的房裡，沒半個訪客，絕多數來此的人都循著歌德與席勒（Egon Schiele）的腳步朝聖去了。我一個人獨自在這棟被暮色點點浸染的別墅裡，踱來踱去，捨不得離開，彷彿看到那已經癱瘓的哲人，吃力望著前方的眼神。這是「強而有力的索求」（Wille zur Macht）的立論者的意志力表象嗎？百年前的黃昏，這裡，應該也是這般的寂晦吧？唯一的光點，可能是尼采那炯炯的眼神，在一片遺世中，透露出懾人的掙扎。嘆了一口氣之後，轉身，凝視他的手稿。

威瑪。尼采去世的地方。那是一九〇〇年的事。

在這生命的最後三年（一八九七—一九〇〇），會讓尼采那炯炯、不甘的眼神柔和下來的，是那架鋼琴。我側首望著那靜默的龐然大物，知道，這在他生命裡，曾佔了多大的分量：這是他一輩子的伴隨；此刻，也是生命最後的支點。黑白琴鍵之間，貝多芬的英雄豪氣，在這裡波然湧現；華格納歌劇裡崔斯坦（Tristan）的官能與絕望，揮灑於墜落的精神空間；還有，他個人即興樂音的感觸，也曾閃爍飄漫在這一片昏暗中。

櫃裡，放著一份譜。我受著之前的思緒干擾，瞄了一下譜，舒伯特曲式的神貌連結了我的直覺。但是，循著目光所及，右下方一個尼采親筆的簽字，再度引動了我不安的神經和敏銳的多疑，這是尼采的藏稿樂譜？還是他仿舒伯特的創作嘗試？簽名字體和樂譜的手跡間，有一定程度的連貫性，順著這縫思緒上震開的裂痕，往後的十年間，我窮己力地扳開了一個隱藏在尼采音樂與哲學上的瑰麗世界。

這是十七年前，首次來到尼采辭世的住所——銀眺居（Villa Silberblick），所留下的一片微暮映像。

十年後，參加尼采國際學會，下榻的寓所，又是這棟別墅。

銀眺居，優雅地坐落於威瑪南方寧靜的山坡上，在這棟新古典風格的紅磚樓房裡，隱匿了尼采生命裡的最後幽光。一八九七年的初夏，一位瑞士女貴族（Meta von Salis）出資購下這棟別墅，特以安頓一代哲人的文稿和殘軀。步入碎石前院，推開新藝術風格的門把，隨著咯吱作響的地板拾級而上，進入了一個思想與現實、實景與想像沉重交錯的歷史場域。

同樣的黃昏，同樣的氛圍，再次佇立在這架鋼琴前。尼采彈起琴來，似乎倏地脫離了病軀，所有兒時的記憶，一輩子的故事，都回過神來了，（如果，不經意從外面聽來）那，只是出自一個正常人之手的琴聲。其他的時間，他，多半躺靠在一張長椅上，坐在窗邊露台突出的一隅，讓煦煦陽光來撫慰這已遁入《善與惡之彼岸》（*Jenseits von Gut und Böse*）的靈魂。

身旁，多數的時間，會坐著一個虛偽假笑、傾身關注著他的女性，那是他妹妹——伊麗莎白（Elizabeth Foerster-Nietsche）。無言，癱瘓了的一代哲人，讓自己的胞妹有了擅自修改、竄改他著作的機會，這，對日後手稿真偽的辨認、原衷哲思的延續，有了重大的混淆。

在世時，僅為身邊寥寥好友所知，連人在義大利北部的杜林（Turin）小鎮，抱著一匹受鞭笞的馬痛哭、崩潰之際，也無人在側。書，得自費出版，還得自行贈送，不然，無人問津，等到連理性、神智都漸漸脫離這血肉之軀的彌留之餘，才開始引起了一陣又一陣的熱潮。尼采的思想，似毒藥、似傳染熱潮，迅速地蔓延開來，捲襲學界文壇，震撼人心思維。望著手上這套第五原版的《查拉圖斯特

位於德國威瑪的尼采文獻館「銀眺居」。尼采在這裡度過生命最後的三年。

拉如是說》原著，皮套書面，發黃紙頁，盤轉在胸臆間的凝思，靜靜地告訴我：等到眾人真正無誤地了解他的靈魂時，哲人的腳步，早已快了百年。連一次也沒回頭。

望著這棟別墅的陽台，那尼采常歇的一隅，到大門之間，不過近呎，而這段距離，倒是很簡單地恣意縮短了尼采和世人之間的隔閡。尼采辭世後的一年，世人——尤其是身邊的人——開始了一連串對他哲學的詮釋，其中最不能對歷史的濫觴交代的，是他的妹妹伊麗莎白。

二十世紀初，尼采的妹妹開始嗅到一股熱潮的萌起。一項造神計畫，於是強橫地加諸在這個生命最後十年坐在輪椅上、無力自主的文人身上。不定時的引領、迎接希特勒的造訪，把胞兄的哲學，推出一饗領袖，讓德意志的民族主義精神，合理化地架構在哲人之上。「強而有力的索求」（Wille zur Macht），本意旨批判式的自我高度要求，在此，被解釋成適合軍事極權、法西斯主義的「權力意志」同義詞；而「超人哲學」，這，凌越上帝存在的自我昇冉，則被詮釋成我高彼劣的種族優劣論表徵。一九三二至一九三四年間，這行屍般、迎合獨裁者大駕的推進推出，一共五回。

夜半，筆尖變得異常敏銳。桌上攤開的尼采著作，已經有些疲累，站起來，往窗外的夜色望去，點點燈火的威瑪，逐漸在那一方進入憩眠狀態。整棟別墅僅我一人，暗夜籠罩下，窗外，夜禽環視，知道，這窗台是尼采依靠過的一角。黑白照片上癱瘓無神的眼神，濃濃的八字鬍，僵硬的神情，吃力地朝不知名的前方望去，那，是威瑪的方向？來回踱步陽台間，往下望去，窗外庭院裡一碑墓塚，隱約在暗處沉睡著，絕然的靜謐，絕然的寂寥——不下樓彈琴了，就在這——夜半，與尼采對話。

# 布痕瓦德的深秋・非關命運的命運

## Prelude——序曲

因惹・卡爾特茲①

一九四五年世界二次大戰剛結束後，美國聯軍在歐洲德軍佔領過的地方，陸續發現集中營的設置。瓦斯房、焚燒爐和成堆瘦柴如骨的屍體或活人，成為人類史上最怵目驚心的人間地獄。

歐洲最大規模的集中營屬波蘭境內的奧斯維茲（Auschwitz），近六百萬被謀害的猶太人、共產黨員、同性戀者、身心智障者、吉普賽人中，有一百多萬人在此喪生。於此，另列舉兩個規模較大的集中營，分別是：位於今日捷克的德雷砂城（Theresienstadt）和德國威瑪附近的布痕瓦德（Buchenwald）。

阿多諾（Theodor Wiesengrund Adorno）曾說：人類有了集中營之後若還寫詩，是極大的罪惡。但是我認為，知曉了集中營的酷虐與不仁之後，人類，才承認、相信黑奴籲天的哀號，真的曾經存在過。

深秋。腳下泥濘的泥土，令我身陷動彈不得的困境。一步下去卻幾乎拔不上來，使力抽出後，那股黏勁，卻只能再讓我前進個二、三十公分，我搖搖晃晃、狼狽地獨自在這片森林裡試著脫困、奮戰著。有點悔恨不好好走坦路，卻想走林中路，才會有這般前不著村、後不著店的窘態，在一片荒涼的霧氣氤氳曠野中，沒有半個人會注意到我的；但是，先前所閃過的那一念，卻又肯定自己的決定，認為應該體驗、追尋當時營中的人所走過的路。

心想，腳上還穿著禦寒的靴子，臆想當時衣衫襤褸的營囚，該是如何在這種冷冽的寒氣下作苦工，他們一定沒有足夠的禦寒配備來應付這種蝕骨的溫度，而布痕瓦德的秋天又特別的冷，比我熟知的任何一個歐洲城市都冷。這不是那種先天地理上的氣候因素所導致，威瑪沒有這種冷。主觀的直覺告訴我，這應是摻雜

①因惹・卡爾特茲照片© Csaba Segesvári, Wikipedia Commons。

著其他因素所凝聚而成的懾人寒意。

我的腳還踉踉蹌蹌地黏在泥巴中，在這短短的幾步之遙還是沒辦法脫困，心境突然間轉換到半世紀之前的場景，以這種速度，一定會被狼犬追的，不然皮鞭也一定會落在這種速度的人身上。突然間，又對自己這種為古人擔憂的心態感到有些莫名的好笑，四下無人，五十年前的路，一草一木豈皆相同？但是，心中還是不自覺地憂心沒有冬鞋穿的營囚該如何熬過這種天候、克服這種泥巴；一旦到了冬天，還會更寸步難行。從照片裡，我們都知道營囚的衣著，一制、單薄，分不出誰是誰。

當時的我不知道，這相同的泥巴，六十年前，曾經黏過匈牙利諾貝爾文學獎得主因惹．卡爾特茲（Imre Kertész）的腳，而這黏濘的泥巴，還把他的鞋跟黏掉、脫落了，讓十五歲的他走起路來，前面腳趾尖高、後面腳跟低的在營中拖曳著破鞋作工、走著。沒多久後，寒意滲沁，鞋裂了，腳跟磨破流血了，濕了又乾，乾了又濕，最後，腳和鞋子連成一塊，分不清是鞋還是腳了。

這裡是布痕瓦德（Buchenwald，櫸木森林）集中營，臨近德國文化重鎮——威瑪，也是我二十幾年來獨自旅行，卻首次被恐懼逼退的駭人體驗。

我不知道，以一個十五、六歲的孩子而言，拖著黏在腳上、和傷口血肉揉糊成一體、連睡覺時也脫不下來的麻布鞋，是如何走過布痕瓦德的歲月的。

秋天都這麼冷了，冬天下雪時該是如何光景。這是我第三次造訪威瑪，前兩次倘佯在歌德與席勒的城市裡、遊走在李斯特與尼采的手稿之間時，卻一直特意避開這裡，只因為提不起勇氣來這個地方。當時，自認內心的準備，尚不夠堅強到足以面對人類浩劫的祭奠場域。而這次，年齡已過而立之年階段，自忖，應該有足夠的生命份量與厚度，來面對人性歷史上這醜陋的一面。

但是，這一切，我高估了。

櫸木樹隨著風嘯咻咻響起，一路上，人跡漸行漸遠，車一行入這片深邃赭暗色的櫸木森林後，頓時，淒風苦雨。一下車，狂風蕭蕭，雨不分方向，悲情漫漫地濛住我。風夾雨勢，雨隨風飄，四下無人，仰首往樹梢一望，突然間，一種無以名之的不寒而慄驚悚感覺，逼徹貫穿全身，因為我乍聞，從每一片樹葉後面，淒厲地傳來一個個淒厲號哭的靈魂。無止無盡的嘶號，無止無境的控訴。

置身於這一片淒楚情境之中，車下得太早了，離集中營還有一站，心想，在這荒郊野外，前無來人，後無隨者，就徒步走去目的地吧！不過，才步行沒多久，就發現：這是一條**通往地獄**的路。令人悚然的氣息迎面逼來，整個人似乎欲被這窒息的氛圍所捲襲吞噬，四面八方皆向你纏繞索求，捉著你的靈魂不放，不盡然全是哭喊、受難的音調，而是一種冤、一種慍，一種摻合著太多重苦難的沉澱，扼住我的氣息——這，是地底傳來的聲音。

然而，對因惹・卡爾特茲而言，布痕瓦德，卻算是天堂般的集中營。

因惹・卡爾特茲，匈牙利作家，二〇〇二年的諾貝爾文學獎得主，一九四四年，身為猶太人的他時年十六歲，在上學途中被莫名其妙地——或說有計畫地——捲進一支前往集中營的隊伍。隨著納粹勢力潰敗的垂危之鬥，行列的途徑越走越艱險，從青少年勞動工廠，一路漸階地通往集中營。

我試著在這種淒風苦雨下，朝目的地前進，沿著泥巴路，舉步維艱地走到一座典型的象徵法西斯的巨大雕像前，之後，再也走不動了。不是被風雨狂襲而止步，而是生平首次體驗到一種勇氣消逝，意志力蕩然，再也舉不起腳的極端恐懼，體內的力量汩汩逝去，速度之快，令我覺得瞬間會只剩游絲。原路折返，回到公車站，那裡，至少知道忍個半個鐘頭後，會有人和車的出現。

這趟路，卡爾特茲曾經走過兩次，一次，是無意識的；一次，則是清醒的。

九〇年代初，卡爾特茲曾經重訪布痕瓦德集中營，想必，為的是要給自己一個生命重整上的交代。從十六歲到六十多歲的人，他花了幾乎一輩子的時間，穿過時間的隧道，才再重新拾得勇氣和足夠的生命力量，去面對往昔，重視當年那個十六歲的自己、那個發生在一個懵懂青青子衿歲月的「非關命運」（Fateless）②。

出來迎接他的是館長。館長是位有道德感的學者，將檔案備好，打算與卡爾特茲共同審視這段不堪的歷史。翻閱著發黃的紙頁之際，卡爾特茲赫然發現自己已經死亡，死亡名單上，清楚記載著：「編號六四九二一，卡爾特茲，匈牙利猶太人，死於一九四五年二月十八日。」這是一個被弔詭重擊的空白片刻。

沉默，已經不足以言道說了。

想必，此時卡爾特茲的腦子裡，一定如跑馬燈般地倒帶著人生的種種片段，快速又穿插著不解的空白。當時的情景，營裡的一景一物會如解析一般、毫不留白的自動跑來他面前清晰呈現，潛意識釋放出一輩子刻意漠然、隱諱、遺忘的記

②《非關命運》（*Fatelessness*）為因惹・卡爾特茲以自己少年時代在納粹集中營的經歷為素材所創作的自傳體長篇小說，成於一九七五年。

憶，這是命運何等恣意地撥弄與無意的理性曲折啊！

我已不在了……在那段歷史，我算是已經進了焚化爐的人了。那我現在的存在是什麼？看到是鏡中的我嗎？非也，鏡子照的是現狀，是本人實際的年齡、外貌、神情，如果我早該在四十幾年前就屬於死亡，那，活下來不就是違背命運的結果？

我的存在是「非關命運」？不合理的？不，是連命運也把我遺棄了。

不知過了多久，兩個人也許能從震驚的發愣中緩緩吐一口氣，一股「原來如此」的諒解。一種瞭然於胸的時空傳遞，隨著那口氣，釋散開來，換來的，也許是股淡淡的幽然。

卡爾特茲是在垂死的昏迷狀態中被丟到布痕瓦德的水泥地上的。那時的他，從波蘭的奧斯維茲集中營，跟整車的屍體一起被運來這裡，根據他的記憶，他被安置在六號病房裡，受到了醫療救治；但是館長表示，布痕瓦德從沒有過所謂的「醫院」，不必說有什麼六號病房了。兩人在翻遍所有檔案資料後，（手的速度越來越慢），我想能做的，僅僅是讓無聲的時空遞嬗與無言的默契，來填補這寂靜。

一個無形的默契，無數的雙手，悄悄、偷偷地連成一個串聯網，救起這一條小命，將他轉送到「六號病房」，也就是他口中「天堂般的集中營」。

只要稍微了解德國民族性的話，就知道這是個怎樣危疑震撼的一段過程。一個富有極高效率的組織能力體，從事前規劃、安排，到執行工作的精密效能，能把鋼鐵化為品牌保證的汽車；也能無礙地進行任何毀滅計畫，徹底執行，致死方休。這規矩，在集中營，也一樣。

但是，卡爾特茲卻在這張百密無一疏的執行網中，溜了出來，還莫名其妙地溜了四十幾年，才恍然大悟。卡爾特茲愣著注視那個發黃的名冊上，已經死去的十六歲的自己；與現在站在名單前，這個六十幾歲的自己，那該是何等謬異、詭譎！

這是夢囈？還是夢魘的夢囈？

折返。再次嘗試前往布痕瓦德，這次告訴自己，無論如何得克服恐懼，到達目的地，因為這不但是自身的恐懼而已，而是對全人類罪惡的恐懼；不是蕭蕭風聲下的抖瑟，而是面對人性浩劫時所產生的無助。

對卡爾特茲而言，這段失去意識的生命階段，成為往後存活的不解之謎；而此後清醒的一輩子，倒變成軼事了。

二〇〇五年，許多昔日的集中營難友舉行了六十週年的紀念祭，當時已是諾貝爾文學獎主的卡爾特茲，辭卻了所有的演講邀請，只因為，他提不起足夠的力氣造訪舊地——那種不堪追憶的舊地。可以了解，人的力量有它的極限的。

屬於歷史的人性，已經在納粹手下死過一次。但是卡爾特茲卻化身成那個注定該死去、卻活下來的弔詭；這種，不該存世卻硬生生活著的情境，成為他必須承受的回顧遺緒。

信步在一片廢墟、牢營中，偶爾幻覺有個身影從石堆後鑽出，隨即又不見了，晃過的人影都是如此的稀零、脆弱，同時散發出一片無言的哀傷，沉重地走著。清一色規格的長方形囚營，整齊地散布在這一片與世隔絕的場域裡，恐懼倒是平靜了，因為這種機械式、劃一的場景，會讓人誤以為，人類的「理性」，曾在這裡存在過。焚化爐的門靜靜地敞開著，當人性、文明、理智全付之一炬時，那空氣會是什麼味道？有一間人體實驗室，倒是沒看到有類似醫院這種機構的存在。人體實驗室裡陳列的遺跡無言喃喃地敘述，實在看不下去了，走出，望著天空，深秋，一陣風襲來，腳再次陷入泥巴中。

二〇〇二年，斯德哥爾摩的一間旅館，下榻著等領獎的卡爾特茲，接到一通來自澳大利亞的國際越洋電話，七十三歲的他吃力地用破碎的英語和對方交談，電話那頭的聲音激動地說：「我看到你的小說了！看到自己的名字在裡頭！我就是在布痕瓦德營區病房裡，那個睡在你上鋪的病友！」

這是一個極嚴肅的、有關人性的哲學反思問題，加害者、被加害者；壓迫者、被壓迫者，各自在扭曲的面紗下喃喃解讀著歷史的弔詭，人性的荒謬，理性的扭曲，善惡的錯置。這應驗了德國大詩人海涅（Christian Johann Heinrich Heine）所說的：「基督的愛做不到的，共同的仇恨可以做到。」旨哉斯言。又聖經新約中的〈啟示錄〉曰：「迫害者與異端者終將墮入地獄，神的子民無須嘆息。」但願如此，死者安，存者慰。

# 賦格曲裡的小宇宙——巴赫

## Prelude——序曲

巴赫

「你看！自然界的造化讓每片葉子都如此相似，但細細看下，沒有兩片葉子會是相同的。」——哲學家萊布尼茲（Gottfried Wilhelm Leibniz）。

巴赫（Johann Sebastian Bach，一六八五—一七五〇）的音樂在以前並不如像今天這般理所當然的被理解、普及化。他的遺作，曾在維也納的古典樂派時期，被莫札特等人私底下研究著，但是得一直等到一八二九年時，才又真正被發掘。巴赫的音樂，實際上，都是一完整不過的小宇宙，裡面運行著一個個簡單、完備的小動機（Motiv），這在他的賦格裡，最顯而易見了。賦格的緊密，動機的獨一無二性，無窮盡地衍生出巴赫令人探索不盡的音樂世界。

本書每篇文章之前的引言，我把它稱為「序曲」（Prelude），即是對巴赫的些許敬意。

至今，只要一聽到巴赫這個名字，眼前所浮出的是威瑪的天空，和一抹雲彩——一抹威瑪的雲彩。那是剛剛走出巴赫曾經任職的教堂，微微仰視、吐納感懷時，在靈魂所留下的痕跡。

當時，為著威瑪這個城市的人文薈萃濛醉，有歌德、李斯特、席勒、尼采，再加上巴赫！這一切，太豐饒了！當時只認為，在這種凝聚了這麼多人傑薈萃的地方，巴赫創作上得以豐收多產，也不為過。步出教堂時，心中只知道巴赫脾氣不是很好，愛和人吵，但是對天上那一抹紅彩，沒作多想，很快就被下一個思潮蓋過了。

一七〇八年，巴赫帶著懷孕的妻子來到威瑪，開始了任職於愛恩斯特（Wilhelm Ernst）公爵旗下的人生階段。往後至一七一七年的這段期間，他的管風琴作品質量驚人，同時還孕育了五個孩子，其中一位兒子——C. P. E.巴赫（Carl Philipp Ema nuel Bach），將成為海頓與莫札特音樂上的重要導師。不過，巴赫來到威瑪之前，並不是挺愉快的，二十初頭的他，在德國的另一個小鎮愛恩史塔特（Arnstadt）和合唱團團員處不好，鬧翻了，逾假不歸，教會的主事者還警告他不要老是在星期天的禮拜中，擅自加入一些怪異的間奏和裝飾奏，甚至轉調。

我在後來看到這段描述時，不禁笑了，天上灰濛的色調，是教會的框範；而那一抹紅彩異顏的雲霞，則是他的突圍。

巴赫的兒子C. P. E.巴赫，曾說父親在作曲方面，基本上是自學而成的。這自學，來自一連串實際演練的作曲過程——因此也造就一種實際人格。他通常為教會創作管風琴曲和清唱劇（Oratorio），而器樂則適用於來自貴族、富裕市民的邀約委託，甚或自己教學用。在威瑪時，身為新教徒的巴赫，已開始作清唱劇，這為他往後任職萊比錫的階段，提供了穩固的草稿來源與寶貴經驗。

如果說，威瑪是巴赫管風琴的精華期；那麼，接下來的萊比錫，則是他清唱劇的巔峰階段。不過，在這之前（一七二〇至一七二二年左右），他還譜下為數不少的小作品，作為教育自己小孩的音樂教材，這其中，有二聲部的「創意曲」（Inventionen）和「法國組曲」。這些精緻而袖珍——有時，反而讓成人不太會彈的音樂——宛如一粒沙見世界，童音樂語中真諦無窮。它們如同舒曼所寫的鋼琴作品「兒時情景」（Scenes from Childhood）一樣，成為今日許許多多小朋友音樂學習上的經典。全世界的小小孩，似乎，一下子全都變成了巴赫的孩子了。

如果，今天仍有人特地為自己的孩子寫童話、譜兒歌、繪童書，那將是多麼感人的親情之舉！但是，巴赫的家中，並不是時時笙歌歡愉盈耳，我常常想，他之所以音樂多產，可能間接肇因於自己的許多孩子早逝（前後二任太太一共生了二十個孩子，僅十人活至成年），死亡的氣氛時時伴隨著家庭，從未遠去。

此外，在巴赫家出入的，還有許多學生。他生平的學生前後總計八十一人，常常還有學生住在他家中，音樂學習上，巴赫竭力將他們培育成集演奏家、作曲家於一身的多方位音樂人，以應付來自宮廷、教會，以及日益漸多的資產階級的需求。這些人當中，有點像孔子的門生，成為巴赫身後不斷傳述、親身實踐他音樂的代言者——其中，包括一位十分重要的門生齊恩伯格（Johann Philipp Kirnberger），他制定了十二音律的物理現象，使「十二平均律」真的成為「平均」的音律。因為，我們別忘了，隨著巴赫辭世，他的音樂事實上也一併入土，無人問津，這，要等到七十九年後（一八二九年）孟德爾頌（Felix Mendelsshon）的出現，才會再度聽到他音樂上令人震撼的輝潔。

那是「馬太受難曲」（Matthäuspassion）。

「約翰受難曲」（Johannes-Passion）和「馬太受難曲」，是巴赫唯一兩部完整流傳至今的清唱劇，巴赫以聖經中的〈馬太福音〉為腳本，藉音樂描繪耶穌死前的一切磨難。要在三個鐘頭的抽象音樂裡，講完十字架的酷刑，巴赫動用了不少具有象徵意義的隱喻。〈馬太福音〉裡的第二十六、七章，猶如縮影般，藉由巴赫導演般的手法，一個場景，一滴眼淚地響起。在這裡，巴赫讓不同的樂器表徵著不同的意義，如：只要神子耶穌顯現，象徵著天上神界的弦樂隨即響起；而立足人世的人子，則穩穩扎扎地由數字低音來襯托；劇中，耶穌頭戴荊棘刺冠，背著十字架因劇痛所流下的眼淚，在清靈、斷奏的笛聲中，似乎真的滴落流下於無形，凝結在空中。這些象徵的筆法，巴赫細心地安排在各個小節角落，直到最後，耶穌在十字架上嚥下最後一口氣，弦樂亦隨之殞滅。

一七二三年的五月，巴赫在萊比錫的湯瑪士教堂（St. Tomas Church）任職，馬太受難曲，也在一七二七或一七二九（時間無法詳考）首度問世。我常常想，為什麼許多重要的人文邂逅，都發生在萊比錫？讓這個小鎮散發著一種歷久不透、謎樣的淳厚光輝。舒曼，在萊比錫的圖書館，發現了「馬太受難曲」的譜稿（又是一雙獨具的慧眼），才由二〇〇九年逝世逢兩百年的孟德爾頌，再度將巴赫的音樂公諸於世；而十九世紀，這個城市，則讓哲學家尼采遇見了華格納，衍生出兩人一段時間的惺惺相惜與日後的愛恨情仇。我常常只能把這種無可言諭的冥冥魔力，歸咎於一種稀罕的「氛圍」（Zeitgeist），一種建立在歐陸理性高峰的時代氛圍。它，讓舒曼遇見巴赫，也讓巴赫留下一種無以窮盡的音樂典範；更有意思的是，它還讓巴赫當時的一位同儕發明了微積分——他是哲學家萊布尼茲（Gottfried Wilhelm Leibniz）。

在這裡，我想藉由對一種特殊的時代「氛圍」的闡釋，來重新面對巴赫的真貌。萊布尼茲是出身萊比錫這個小鎮的大哲學家、數學家、外交家、全方位學者，發明了微積分和諸多的物理現象，甚及今天電腦的零、一進位概念。於此，並不著墨於他的科學成就，僅想以他的一則銘言來做為和巴赫同時空相呼應的思想對位，以詮釋當時巴洛克為人所不察的時代精神。萊布尼茲的哲學主張認為：宇宙是由極小的「單子」（Monade）所構成，而單子的性質，不僅是物理上的原子實體，而是「思」；真正的知識，就是要有窮詰一物的可能性。

在一次御花園的漫步中，萊布尼茲對在場人士指著花園裡樹上的葉子，說道：「你看！自然界的造化讓每片葉子都如此相似，但細細看下，沒有兩片葉子會是相同的。」這種巨細靡遺、見微知著的見識，在巴赫的音樂架構中亦頻頻出現。巴赫的音樂，實際上，都是一完整不過的小宇宙，裡面運行著一個個簡單、完備的「小動機」，這在他的賦格裡，最顯而易見了。賦格的緊密，動機的獨一無二性，無窮盡地衍生出巴赫令人探索不盡的音樂世界。我不知在巴洛克華麗的外表下，萊比錫是如何讓這二位大師在不同的領域發展出類似的語言的。

「單子」與「動機」，同樣的耐人尋味，同樣的探索不盡。

是的，萊比錫的時代氛圍，讓巴赫的音樂處在理性的高峰中，並且讓他的藝術無以窮盡。

# 音樂的建築師——韓德爾

## Prelude——序曲

韓德爾

假聲歌手是巴洛克時期一種特殊的變相藝術。以成年男子的體能與肺活量，配上未變聲前的童音，唱出足以媲美喇叭手那令人暈炫的響亮長音，這種聲如出谷黃鶯般的女音，瘋狂捲襲了當時的歐洲。義大利的假聲歌手費里尼利（Farinelli，本名 Carlo Broschi）即為那個時代的佼佼者。不過，費里尼利曾經在維也納有了次關鍵性的體悟，進而徹底改變了他音樂上的風格。那是奧地利國王查理六世所給他的建議：他要這位無藝不精、無所不能的假聲男歌手，褪去一切華麗美聲，直視凝觀藝術蘊涵。而費里尼利，做到了。

韓德爾（Georg Friedrich Händel，一六八五—一七五九），這位和巴赫相提並論的巴洛克大師，以不朽的神曲留世。但是在這之前，很少人知道，他事實上是位專寫歌劇的作曲家，一共譜了四十六齣歌劇。一七四〇年起，開始出現的是一種融合了法國音樂劇、德國清唱劇、英國教會音樂和義大利歌劇特色的曲風，韓德爾的筆下，譜出了「神曲」。

哈雷路亞！Hallelujah！

⁂

相傳，聖經中的耶穌在十字架上殉難後，於第三日冉冉復活。這個重生、新生的喜悅，在虔誠教徒的眼裡，那意義，比起聖誕節來得更莊嚴，更值得謦禱慶祝。

於是，每年春蟄時分，第一回月圓後的那個星期天，就是這個象徵榮耀再生的節日的降臨——也是「復活節」的由來。一春之始，萬象更新。在西方習俗裡，一種綻放、新生的喜悅，藉著彩蛋和象徵豐碩繁衍的兔子，年年歲歲地點綴著這個節日。二〇〇九年的復活節，是個四月十三日，而幾乎二百五十年前的同時（一七五九年四月十四日），在倫敦布魯克街（Brook Street）五十七號的一棟四層磚樓中，有一位大師闔上了雙眼，他留下四十六齣歌劇，二十五首神劇；還有，就是往後那綿綿不輟影響著海頓、莫札特、貝多芬、孟德爾頌，啟示般的音樂靈感——他是韓德爾。

二百五十週年忌（二〇〇九年），大師藉由音樂，再度復活。

世人喜將巴赫與韓德爾並論，兩人生命的軌道，有著平行、重複的痕跡；創作上的質與量皆令人肅然；又都是巴洛克時期的代表人物，甚至，連生命中最後的階段，都同為眼疾所苦，還先後不約而同地請了當時一位名叫約翰．泰勒（John Taylor）的名醫。經過這位醫生的診療後，兩人最後都失明辭世。

但是，我想，他們留下的音樂語言，卻令人一再玩味三思。

韓德爾的出生地，是在昔日東德一個名叫哈勒（Halle）的小鎮，身為醫生之子的他，違背父意，棄法律而在藝術的探索上奮力成長。我們都知曉，他小時候偷偷運了一台小鍵琴，到閣樓上夜裡練習的軼事。父親否定他在藝術上的執著，但是，韓德爾卻命有貴人般的，一輩子都受到贊助人之惠。早在八歲時，當地薩克森的諸侯親王，就出面請人教授他音樂，有了這王牌背書，似乎，亦說明了韓德爾日後，在諸多國王公爵與皇室中發展的隱約圖形。

韓德爾不像巴赫，一輩子都在德國境內覓職，孜孜創作。他的活動領域，以今天的尺度來說，可說是個國際人，最後，還移居倫敦，葬在西敏寺。「戲劇人生」，「人生戲劇」，可說是韓德爾最有別於巴赫的地方了。巴赫的虔誠、對上主的敬畏，在在反映於他的每個音符當中，可說是一位神職的音樂家，一切以服膺上帝，一切藝術以服侍上帝為榮；而韓德爾，從義大利的求知之旅，學到了嫵媚輕盈的曲風，從英國人的文化中，內化成了典型的舉止紳士，遊走多方之後，我想，和巴赫最迥異的，就是他作品中那戲劇人生的「現世」。

和神性相反的，當應是短暫、且非永恆的「人性」。只要一想到「絕代豔姬」（Farinelli）一片中，劇情裡假聲男高音費里尼利和韓德爾的一來一往，以及當時倫敦社會為戲劇瘋狂競技較量的盛況，就知道，為何他會作了四十多齣的歌劇了。但是，韓德爾不是譁眾取寵之輩，品質的呈現，大師的胸懷，顯露在神曲不凡的巧思中，不然，「彌賽亞」（Messiah），不會到今天仍然令人肅立起敬。作曲，用的元素如此簡單，卻如此高明，這即是大師之表徵。

就連海頓在倫敦初聞韓德爾的神曲後，曾衷心感嘆地表示：「天啊！我好像回到一無所知的狀態，似乎又處於初學者的階段了。」當然，當時年事已高，受到英國聽眾極度歡迎、且獲頒牛津大學榮譽博士的海頓，此語流露的真意是：彷如乍見一啟敞開的藝術之門，為裡面繁花盛開的樂音天堂，嘆為觀止。這趟的英國之旅，讓海頓帶回一齣腳本——米爾頓（John Milton）的《失樂園》（*Paradise Lost*）——和一種奮力成長的啟發震撼。他以韓德爾為榜樣，在維也納花了兩年的時間，完成神曲「創世紀」。

不過，韓德爾是在年過半百之後，才開始作神曲的；也就是說，在兩鬢雪白後，才開始用「音樂」詮釋舊約聖經的。之前的大師都在忙些什麼呢？忙著經營歌劇院，忙著從義大利、德國網羅當紅歌手，忙著譜寫歌劇作品。一七二〇年左右，韓德爾始執掌由英國國王支持的「皇家歌劇院」（Royal Academy of Music），當時的英國聽眾，一點也不紳士，聽完戲後，仍深深入戲，為著自己所喜愛和吹捧的歌手，各持一方，還曾經發生兩個女主角，公然在舞台上領著自己的兩派人馬，大打出手的盛況。在這種一觸即發的環境，要維持歌劇院的經營，還要自己創作，其焦灼、俗世羈絆的況景，實在很難令今人所想像。

此外，為了要吸引觀眾，韓德爾四處重金禮聘歌手，以充實劇院裡的陣容，這方法會有一後遺症：即加重歌劇院的財務負擔，而且，一不小心則會負債累累。一七三三年時，更嚴峻的考驗來了，倫敦又多了一間歌劇院——貴族歌劇院

（Opera of the Nobility），由義大利的作曲家柏波拉（Nicola Antonio Porpora）領銜。這位強勁的競爭者，不僅請來了前文提到的假聲男高音費里尼利，早年，海頓尚未成氣候時，還曾經當過柏波拉的隨從。兩間歌劇院互相挖角，經營方式惡性循環，觀眾樂而不疲。藝術，把社會喜惡分成兩半，也把皇家也分成兩派，最後，一七三七年，韓德爾破產，中風，一切戲劇落幕。

戲劇，舞台，華服，種種歌劇需備的道具，在韓德爾復原後，漸漸淡出其創作範疇。一七四〇年起，出現的是一種融合了法國音樂劇、德國清唱劇、英國教會音樂和義大利歌劇特色的曲風，韓德爾的筆下，出現了「神曲」。

以舊約聖經的劇情為骨，絕妙的對位為底蘊，加上令人耳目一震、大膽的和聲色彩，韓德爾用音樂、人聲，來講述上帝的故事。因為褪去了舞台效果，劇情得流轉於聽眾自己的腦海中，這一來，因想像、情緒感受的誘發，音樂所帶來的影響，就十分主觀緊湊了。一七四二年，一個復活節之際（也是一個四月十三日），愛爾蘭的都柏林首度慈善義演了一齣名叫「彌賽亞」的神曲，往後，每年韓德爾皆有一、二齣神曲的創作問世，而「彌賽亞」年年在倫敦的演出收益，皆讓無數窮病人民蒙惠受益。

不僅如此，「彌賽亞」還傳到維也納莫札特的手中。踱步於維也納的國家圖書館裡，我曾經在餘音繞樑的莫札特安魂曲內，隱約聽見韓德爾的賦格、遇見了巴洛克隱喻；遇見韓德爾的還有貝多芬，在他的大提琴與鋼琴變奏曲及一首序曲中，亦顯露著大師賦格的風采；最後，還有孟德爾頌，他不僅再度點燃巴洛克之光，讓巴赫的「馬太受難曲」重見天日，還汲汲演出韓德爾的作品，讓大師再度復活。韓德爾，這位巴洛克大師，以一雙看不見的手，緩緩地引導著後生晚輩，藉由其嚴謹的賦格技巧，使來者在藝術崎嶇的道路上，以穩健的腳步慢慢摸索前進，猶如在黑暗中透顯著一盞幽光。（莫札特安魂曲中，片段的靈感來自韓德爾的「葬禮頌歌」〔Funeral Anthem〕及神曲「約瑟和教友們」〔Joseph and his Brethren〕一作；而貝多芬則從韓德爾的「英雄今日得勝歸」〔See the conqu'ring hero comes〕的一曲中得到啟發）。

二〇〇九年春蟄的復活節，恰為韓德爾二百五十年逝世紀念（同時，也是海頓逝世兩百週年忌與孟德爾頌兩百週年誕辰紀念）音樂藝術傳承的巧合，於誕辰、辭世之際，再度銜合、復攏、聚首。「彌賽亞」，這一神曲，則讓韓德爾一再地甦醒、重生、復活。

# 永恆的兒子——卡夫卡

## Prelude——序曲

卡夫卡

卡夫卡（Franz Kafka，一八八三—一九二四）誕生於當時屬於奧匈帝國境內的捷克布拉格，自幼受德語教育，但同時對捷克文擁有深厚的情感。布拉格查理大學法學博士畢業後，任職於當時國家勞工保險部，直至機要秘書一職。

卡夫卡生長於一經商有成之猶太家庭，一輩子懾於父親的權威陰影下，養成個性內向、退縮、並具自我否定之傾向，靠著白天上班半天，夜晚寫作來平衡自我的內心世界。作品有《審判》（*Der Prozeß*）、《城堡》（*Das Schloß*）、《蛻變》（*Die Verwandlung*，又譯《變形記》）等，生時寡為人所知，四十歲罹肺結核逝世於維也納近郊的吉珥陵（Kierling）後，手稿由其好友布洛德（Max Brod）代為出版，繼而在文學上造成不可忽略之影響。

我想，藉由卡夫卡，捷克有了位足以傲睨全球的文人總統——哈維爾（Václav Havel，一九三六—二〇一一）。

⁂

一九二四年，維也納近郊的一所醫院內，一位罹患結核病的病人，嚥下最後一口氣。他臉部那暗鬱的稜角，凝聚著一種釋不開、晦澀的孤獨，一種彷彿積鬱了整個人生的遺緒與內遁，他，怯怯幽暗地陷入另一個世界了。

前一天，一位維也納的詩人特地前來，並且表明身分，有請院裡的主治大夫多關注這位叫卡夫卡的病人，只因為他是位作家。醫生不耐煩的回應：「卡夫卡?!我知道啦！就是那位十二號病床的病人啦！不過，您又是誰啊？」

這時的卡夫卡，除了被朋友趕緊運回布拉格之外，沒人理會，沒人知曉。事隔一年後，布拉格出現了一本叫做《審判》的小說，引起了文壇側目，這部作品的作者已不在人世，是由他的摯友布絡德（Max Brod）代為出版的。還好，這個布絡德，是個「不守信用」的遺囑執行人；不然按照卡夫卡生前的遺願，照約束，所有畢生的手稿，都需付之一炬。

## 青銅，適合他的憂鬱

和這位擁有德國文學博士學養背景的捷克女子，一起漫步布拉格。我們循著卡夫卡生平的時間軌跡，一步一趨，試圖拼湊著他寫作與生活的精神圖像。於是，一邊背誦著他作品的片段，一邊來來回回地重複著走過不同的幽巷。因為，就如同他的作品——《城堡》一書，盤根錯節，韜晦未明；四處皆是，亦四處皆非。

卡夫卡時代的布拉格，有著約百分之七的德語人口，這是一群所謂「上層社會」、奧匈帝國統治階級的官方用語；至於捷克文，則是庶民的語言。「德文是我的母語，但是捷克文深根蟄伏我心」，雖然卡夫卡如是說，但是，具備民族意識、身分認同的語言之爭，在小時候的學校裡，就壁壘分明地開始了。

卡夫卡的父親，是一個成功的猶太商人，在布拉格搬了幾次家之後，事業越發騰達，最後，在市中心一間昔日貴族的寓所，承租下店面。但是生意上發達的經營管理方法，不見得適用在一個天生纖細、易感、憂鬱的孩子身上。「這些付費的寃家！」這是卡夫卡的父親謾罵他那些員工的口吻，可想像的是一種專制、獨斷、又極端實際的身段。這種巨大的父親身影，和卡夫卡那先天與生迥異的性格傾向，隨著時間流逝，像一層又一層的陰霾，籠罩在這個家中唯一的男孩身上，他，被送入最好的學校，講德文，衣著講究；但是，卻和父親漸行漸遠，到最後，甚至南轅北轍，水火不容。

這一切，卡夫卡無法言說，只好用寫的。

卡夫卡誕生的紀念館牆上，立著一面青銅、略顯扭曲的浮雕，我想，青銅，最適合他。

## 蛻變的由來

踱步於摩爾道河上那座如童話般精美的查理橋，才不經意地一望那波波水紋，心頭馬上不可自已地湧起史梅塔納（Bedřich Smetana）的那首交響曲——「我的祖國」（Ma' Vlast），裡頭那段描寫摩爾道河（Die Moldau）的旋律。瞬間，一切文化上朦朧未解的地帶，一一自動剝落，方始曉然，這緩緩流動的樂音，何以來之，簡直是形塑斯拉夫人心靈的具體化。寬廣之餘，毫無霸氣；洪流之際，不失

卡夫卡父親曾經營的家具店與住家。

布拉格一景。卡夫卡一輩子都活在布拉格，讀書、工作，皆離不開城市核心。

溫和，不急不徐地、渾厚地兼容並蓄了一切卑微與恩怨。

越過石板鋪砌的橋要造訪的是，位於對岸城堡上，一間卡夫卡曾經寫作的小屋子。

卡夫卡一輩子都活在布拉格。讀書、工作，皆離不開城市核心，所以，我們只好跟著大街小巷地轉，他的求學過程順遂，以法律博士之銜，畢業於布拉格大學之後，在保險公司任職。早在一八八九年時的奧匈帝國，就已經有著相當發達的勞工職災的保險系統了，波希米亞平原，係當時奧匈帝國最大的工業區，所以，位於這塊平原上的首善之都——布拉格，理所當然地成為官方最大的勞保機構所在地。以卡夫卡內向、退縮、文靜的性格，當個文官，是頗為合適的工作，他通常從早上八點工作到下午兩點，小憩片刻後，利用晚上夜間寫作。寫作，只是他個人對抗自我、剖析內心的必要作業，並沒有那個「文膽」發表。但是基本上，作為一個藝術家，面對著日復一日辦公室僵化、一成不變的生態，就如同卡夫卡和他父親的對峙一樣，彼此格格不入。卡夫卡絕對是個盡職的職員，甚至當到總秘書的職位，成為官方不可或缺的左右手，但是，在他眼裡「辦公室的工作，對著時鐘發愣，把時間『坐』滿的壓力，尤其是最後一秒鐘，好似成為解放人生的跳板。」這，才是卡夫卡真正的肺腑之言。

在家中，卡夫卡和小妹感情最好。今天，布拉格左岸的城堡，一條幽境的小巷裡，有一棟一樓高的矮屋子，這是以前卡夫卡夜間寫作的藏匿處，也是這位小妹替他租賃的避世地窖。日後，他的三位妹妹先後死在集中營，僅剩兩位姪女浩劫餘生，同行的這位德國文學家，和其中一位卡夫卡的姪女熟識，現今，她已是位八十開來的老婦了。

但是，連最關心他的妹妹，在小說的最後，都會棄他而去。《蛻變》（一九一五）書中的兒子主角一日醒來，發現自己已非人身，變成蟲豸，雖然他是家中的支柱，但是卻不敢吭聲，只躲躲藏藏、認分地待在房裡，全家僅有那會拉小提琴的么妹，同情照料他，但漸漸地，隨著時間的慣性與淡化記憶，妹妹也忘記餵食了，蟲死後，家庭為減少這一負擔，和不能見人的隱晦，大大鬆了一口氣。

魔幻寫實，寫的是內心的潛意識，也是卑微的縮影；突顯的是「不存在」的價值，甚至——不值得存在的價值。

接著，卡夫卡蛻變成「傑出的泳者」。

《傑出的泳者》（*The Swimmer*，一九二〇）內容敘述一位得到奧林匹克獎的

遊人如織的布拉格市中心。

遠眺布拉格城堡，猶如童話般精美的景色。

游泳健將，他在致感言詞時，竟然表示：他根本不會游泳。這種謬論，不是卡夫卡故意營造的詭譎和弔詭，我們在他同年十月的日記裡可窺見端倪，清瘦的卡夫卡本身是個善泳者，但是他卻有一套「回歸繞圈子」的經典邏輯：「我跟其他人一樣會游泳（這已是謙辭了，他比一般人游得好）；只是，我的記憶力，卻也比一般人好些，無法忘記還不會游泳時的那種感覺。因為我忘記不了，所以，即便會游，也無濟於事，所以，我不會游。」

如同他的名字：「卡」——夫——「卡」，回到原點。

這也難怪，卡夫卡會一直解除婚約，訂了婚，六個星期後，又解約。這來來回回的事，先後和不同的兩個女性一共發生了三次，他無法克服已經到達目的地的事實，必須再一步退回到原點，才算是完成，才能體會到存在的實感。

否定已經會的泳技不消說，更誇張的是在小說《審判》當中，那個明知無罪卻還逃不掉的兒子，最後，情節演繹成，裁決書中的兒子，得馬上溺斃。

這一切，我想，在《給父親的信》一書中，有著最清楚不過的解釋和告白。這是一本從未寄發出過的信集，卡夫卡從小時候的回憶開始撰述：在夜裡從床上被拖起來罰站的慘痛經驗，到長大後父親嫌惡他的未婚對象——甚至請偵探蒐集不利於該女性的證據。他無能無力以對，敬畏、愛恨交加，想請求諒解又不得其門而入；寫作繆思的呼喚，在他父親的耳中是無用的呻吟；威權實際的性格，迫使細膩的靈魂遁逃到內心不堪幽微的角落。

這是一部最「白話」的卡夫卡。有鑑於此，卡夫卡開始營造內心的「城堡」，他的城堡彎彎曲曲，不見天日，有的只是囚困、掙扎、疏離、控制、無首無終。但是，在真實生活裡，曾經有一道曙光耀過「城堡」，她是米勒納（Milena Jesenská）。米勒納可說是卡夫卡結識的女性中最聰慧、最具理解包容力的一位時代女性，兩人的情誼多處於書信往返的狀態，她那時人在維也納當記者，正處於一樁不幸的婚姻當中，《城堡》一書中的隱喻：那位受制於城堡主人而不能自由脫身的女侍，就是米勒納的再現。米勒納曾譯著卡夫卡的作品，兩人的書信集，可說是時代精神的反照與文學傑作的交集。

馬奎斯（Cabriel José de la Concordia Garcia Márquez）曾比喻卡夫卡的作品精神，是一種神奇的真實主義（magic realism）；而同為捷克籍的作家米蘭．昆德拉（Milan Kundera），關於這位銜接布拉格文學精神的巨擘，曾有人對他的小說做了一個極美的概括——「對存在的詩意的沉思」。我想，這詩意除了來自布拉格的美麗之外，應還有著更重要的因素，他筆下斑斕的世界，不是憑空想像架構的，米蘭·昆德拉曾表示：「卡夫卡教我如何超越一切界線的可能性，這不是在寫小說——小說是將現實浪漫化，逃離真實的世界——而卡夫卡是教我如何更加認清這世界。」

因此，卡夫卡的「終極荒謬」，終得以成真。

真實藝術化；藝術真實化。

# 雨中行走的人——維根思坦

## Prelude——序曲

維根思坦

維根思坦（Ludwig Wittgenstein，一八八九—一九五一），奧地利哲學家，二十世紀邏輯學、語言分析哲學代表者。一八八九年出生於維也納一個極優渥的猶太家庭，自幼家中音樂家出入頻繁，雙親熱愛藝術，對文化贊助不遺餘力。維根思坦曾在奧地利小城林滋（Linz）上小學，與希特勒同校；一九〇八年赴英國就讀機械工程，研發直升機製造；直至一九一一年結識英國哲學家羅素（Bertrand Russells）後，轉至哲學領域。第一次世戰時，維根思坦將所繼承的遺產，悉數分贈予姊妹及友人；一九二〇年前後，維根思坦曾在奧地利鄉下擔任小學教師；一九二九年又返英，任教劍橋，直至辭世。

維根思坦對語言的功用持十分懷疑的態度，認為這符號、記號是誤導一切的本源。因此認為，對一切不可說的事物，必須保持沉默。對我而言，他是西方世界「白馬非馬，黑馬非馬，馬非馬」的代言者。

~

手中拿著這本袖珍的字典，薄薄的，字體還是古老的花體印刷，為小學生而編的字典，維根思坦編的。維根思坦，維也納哲學家，英國羅素的友人，經濟哲學家海耶克（Friedrich August von Hayek）的表兄，出生在維也納一個富可敵國的煉鋼鉅子的家庭。但是我現在盤桓身處的地方，是一個小鄉村，離維也納僅約一個鐘頭車程的山間小鎮，是維根思坦當小學老師時所住過的地方。一間簡簡單單，樸素無華的農家小屋，從窗戶望去，古老的牆角滲出微微青色的黴意，對面瓦屋閣樓的玻璃，還破了個洞。

那是維根思坦著手寫下《邏輯哲學論》（*Tractatus Logico-Philosophicus*），是一九二〇到二一年左右的事。他拋棄所繼承的鉅額遺產，不由分說把它等分給姊妹，另外一部分資助藝術家，如詩人里爾克，千金散盡後，來到這裡當小學老師。那時小村才八百人。

他做了一件世俗人眼中最不可思議的事；但是在我眼裡，他是奮力在人生的天平上「自保」，而且險狀萬分。

我想先來談談他們家的客人，再介紹維根思坦這個家族；就像認識一個人，可先從一個人的言談、舉止、氣度，旁觀觸類而察之，這樣比較能了解這位維也納哲學家是在怎樣的一個環境中長成的。布拉姆斯、克拉拉．舒曼、馬勒（Gustav Mahler）、李查．史特勞斯，這些人是維也納這個由衷熱愛藝術、竭力贊助藝術的家族中的常客，這些人的身影都曾輝映在他們那不亞於皇室排場的沙龍中；這些藝術家的腳步聲都曾迴響在這個家族華貴的梯廊裡。曾有訪客表示，維家寓所那細緻、講究、華麗的鋪陳，還有那質量直逼博物館的傲人藏畫，連那時奧匈帝國的末代王室都不見得比得上。

維根思坦的父親是成功的鋼鐵實業家，母親彈得一手好琴，這對夫婦育有九個孩子，五男四女。但是成功的猶太父親，有時和華人的家長意象很雷似，他們本身的霸氣與幹練，往往威權、毫不通融地灌注在孩子的教育上——卡夫卡還好，只是想像自己變成蟲而已——但維根思坦的三個兄弟則是先後自殺，他，左

從窗戶望去，古老的牆角滲出微微青色的黴意。1920 到 1921 年左右，維根思坦在這裡寫下了著名的《邏輯哲學論》。

維根思坦拋棄繼承的鉅額遺產，悉數分給姊妹與朋友。千金散盡後，來到奧地利這處鄉村當小學老師。

右望去，和鋼琴家哥哥保羅（Paul Wittgenstein）兩人，成為唯一僅存的男孩。

「對於不可說的東西，我們必須保持沉默。」我不知是這個陰影造成他日後這句哲學名言的誕生；還是他在超脫一切後，所得到東方式的佛學頓悟。

維根思坦的長兄保羅是位鋼琴家，但是第一次世戰時失去右手臂。這個家族為此還特請拉威爾（Joseph-Maurice Ravel）、普羅高菲夫（Sergei Prokofiev）為他量身裁製，譜寫適合他單手彈奏的鋼琴曲，不然，今天沒有拉威爾那首左手鋼琴協奏曲的問世。

選擇鄉下。和這種世家背景相輝映，映在奧匈帝國的餘輝，映在維也納的世紀末。

有些傑出的藝術奇俠也好、出世的心靈也罷，他們有時做出一種和生命韻調截然相反的決定，自願去上班、自願下放鄉間，做最不起眼、底層的工作。他們是想要藉此平衡生命的天平，脫離那種由鉅大天賦所伴予的心靈磨難，卻不知，「命運」，只是暫時讓他們借用這「平凡」的軌道而已；時間一到，宿命還是要收回這一切的，讓他們繼續在天人交戰的成長中掙扎。

拿著這本維根思坦親手編的字典——為鄉下小孩編的字典，手中這薄薄的分量如此告訴著我。

克林姆特曾經幫維根思坦的姊姊畫了一幅身著白襲的肖像，畫中的這位姊姊曾問維根思坦，為何徹底脫離家族的厚贈，做此決定。維根思坦說：你從屋裡向外望去，看見屋外有一個人彎著腰、咬著牙、面孔扭曲、姿態怪異地向前走；每走一步，卻有時退回兩步，舉步維艱、匍匐迭宕前進而不得，坐在屋裡的人當然搞不懂，那人走路的姿勢為何這等奇怪，好好走不就好了嗎？但是屋裡沒颮風、沒下雨啊！

颮風下雨的自保；在我眼裡，他是奮力在人生的天平上「自保」，而且險狀萬分。他如果接受了家族的餽贈，可能我們就讀不到他的書了——而是惋惜這家族所有的男嗣，除了他和哥哥之外，全都自己結束了自己的生命。

對世事如此存疑的話，那對「語言」就更不在言下了。這位維也納的哲學家徹徹底底地懷疑語言的功用，認為這種「指意」、「代名」的工具，只會壞事，只會真正地造成本質混淆。所以他說：要先了解語言所造成的一切誤解，才能進一步解決哲學的問題。

這令我想起了白馬非馬，黑馬非馬，馬非馬，與雞三足的寓意。

農家小屋外「維根思坦故居」紀念牌。

維根思坦當小學老師時的住所。一間簡簡單單，樸素無華的農家小屋。

如果說維根思坦去鄉下當小學老師，是受到閱讀托爾斯泰（Leo Tolstoy）作品的影響——大文豪欲放棄世襲貴族的地主身分，去和農奴平起平坐，實踐天下為公的博愛精神——那我不知道，他教了兩年小學生後，來到維也納近郊的一所寺院當園丁，是否是以雨果（Victor-Marie Hugo）《悲慘世界》（*Les Misérables*）裡的那位主角冉阿讓（Jean Valjean）為仿效對象——冉阿讓為了躲避警察的追隨，保護領養的女兒，而躲進修女院自願當園丁，默默守護一旁，如照料花朵般地培育女兒長大。

當完小學老師和園丁後，真正的驚人之作才要誕生。一九二二年，這時，「命運」已經要收回借貸給維根思坦的「平凡」軌道了，他著手寫下《邏輯哲學論》（*Tractatus Logico-Philosophicus*），也是薄薄的一本；但是和那本字典一樣，我們都成了小學生了。

《邏輯哲學論》在我眼裡，倒比較像是語言邏輯的推翻總整理。「邏輯」，只不過是「事物的結構」，是它的形式，維根思坦稱它為世界的「極界」，對他而言，也就是語言的「極界」。至於哲學？這位會造直昇機的工程師哲學家則認為：多數的哲學問題不是錯誤對否的問題，而是有沒有「意義」的問題；首先，要先確定的是那哲學問題有沒有意義，不然根本無法回答任何的哲學問題。

至於超過這「極界」的問題，無法用語言形繪的部分，則須以「沉默」來應對。「只可意會，不可言傳」，又浮現於維根思坦的「邏輯哲學論」中。

沉默。維根思坦急於尋覓一個給風雨中行走的人的避風港，外人看來奇怪，屈就自己在荒陌之處，逃離富裕的庇蔭，但他為的是求得內心的平靜。當然，這刻意安排的荒陌疏離，都不是哲學家本人的資質，也不是命運的真貌。小學農村的靜謐，是外在的平靜，不是語言的真諦。這種落差很快就會浮現出來，最後雙方一定會不歡而散的。

維根思坦要的是內心的風平浪靜，但是鄉村能給的是外表的平靜；鄉村要的是思維簡單的世俗，但是維根思坦生性不俗。

不歡而散，只是時間的問題；而不是本質的問題。我想起哲人一九三九年時曾留下的一句話：「當今世人總認為，知識份子是為了啟蒙、教育他人而存在；而詩人、音樂家是為了愉悅別人而歌詠。但事實上，這些人，壓根兒根本沒想到要去討任何人的歡心。」

# 人性，真實的人性——馬勒

## Prelude——序曲

馬勒

預言，只不過是一種「逆向」的回憶。

但是當我要「逆向」回溯音樂家馬勒（Gustav Mahler，一八六〇—一九一一）的一生時，卻好難好難。情・意・綜・結。一八六〇年馬勒出生時，舒曼剛辭世四年；一九一一年馬勒過世時，第一次世界大戰已在醞釀。如果只提他是浪漫派晚期馴至現代音樂的銜接者，或說是作曲家、歌劇文化的改革者，都太單一化了。因為他和維也納的世紀末緊緊相扣；和弗洛依德的思潮齊湧互映；和貝多芬的交響世界又玄祕傳承。

馬勒，誕生於今日捷克波西米亞的一個小村莊卡立許特（Karlischt），十五歲時求學於維也納，以鋼琴主修，同時亦習作曲，奠定下日後音樂上的基礎。二十初頭起，經歷輾轉了擔任歐洲不同歌劇院的指揮後，三十八歲時接掌維也納國家歌劇院，任職十年間，在歌劇文化上做了一連串的提昇與革新；同時，譜寫下質量可觀的交響曲、歌曲。晚年指揮紐約的大都會歌劇院。他的交響世界觀，成了二十世紀音樂上的顯學，因為，有太多的情．意．綜．結糾纏在裡面，成為人類情感表現最具張力的一種方式。

現在，讓我們來進入馬勒的家。

總是那棟別墅特別地令我駐足。每每經過它門前時，腳步總是像遇到磁盤般輕緩的地心引力，漸慢，再漸慢，最後，輕輕地停了下來。

往裡望去。

沒有豪華誇示，也不是設計巧麗奪目。雅致的庭園，隱隱露出白色的門扉，精緻的橢圓形窗櫺，毫不起眼地躲在一片謐靜氛圍後方。但就是一股無名的引人，令我一再投注目光，悄悄地徘徊踱步。那扇門，藍色的框線鑲在白色的底面，世紀末新藝術的風格，彷彿從上世紀吹來一股清新俐落的風韻，幽靜地隱藏在一抹新綠之後，若隱若現；但是我知道，藏的，卻是不凡又沉重的靈魂。

維也納的靈魂，藝術家的靈魂，涵詠吐納其間。

站在這棟房子之前，凝視。我的瞳仁，不自覺地因想像的無邊漫延去而越放越大，漸漸擴張；鼻尖，因呼吸這滿盈的神祕，腳跟越來越離地，最後，思緒整個匯集踮在腳尖上，想的是，這裡一百年前曾經有多少超凡不俗、雅量高致的人物隨著馬蹄聲達達而入；驚奇的是，藏在這麼平靜的門後，這些人文薈萃的交融、這些進出，怎麼如此冷靜。

凝視間，建築物中冥冥漫升出一股力量，攫住我的目光，漸漸的，擴張成眼前的一切，就在極力抗拒不要被吸進去前；倏地一轉，整棟建築物豁然清晰進入我的瞳仁——接著，我看到了馬勒的手稿——第六號交響曲。

鬖瑪（Alma Schindler，一八七九—一九六四）的別墅。她讓馬勒題獻給她第六號交響曲，放在進門不遠處。手稿靜靜地躺在玻璃櫃裡面，往來訪客，可以一目瞭然，見證馬勒獻給鬖瑪的愛與吶喊。這是一種有意無意的宣告、也是客廳裡最重要的擺設。

鬖瑪的擺設。擺設在她生命裡的，是男人——或者更清楚地說，是男人的才賦。她蒐集的是男人的「天才」，再帥的男人，沒有才氣，她看也不看一眼；再醜的男人，只要是天才，就是會進到這棟別墅的人選。也是她下一步網羅的對象。

維也納的世紀末（Fin-de-Siécle）是藝術的綜觀，是不分心理、繪畫、寫作、音樂、文學的宏觀藝術。華爾滋圓舞曲的絢麗旋轉下，頂上的那片天早已不分東南西北，誰還小裡小氣地和繆思女神爭論，把藝術分成一片一片的？因此，所有的人，所有和藝術有關的頂級論壇，才氣縱橫，全都收納到這鬖瑪的別墅。

鬖瑪，道道地地的維也納之女，夫姓一共冠了三個：作曲家馬勒，包浩斯（Bauhaus）首席建築家葛羅畢斯（Walter Gropius），詩人韋爾弗（Franz Werfel），都是一時之選。這只是有登記可稽的；至於情人，像畫家克林姆特等則族繁不及備載。

我的腳步之所以常常駐足於此，是因為貪圖每天下午四點那種散步的感覺，邁開了腳步，吸到了那空氣之後，才知道為什麼哲學家康德（Immanuel Kant）每天都選在這個時間出門。那時並不知道那棟房子的祕密，只知道特別喜歡站在那裡，望著那扇橢圓形的窗櫺發愣。等到我拼貼出完整輪廓的馬勒人生後，方知曉我與鬖瑪的這棟別墅比鄰而居之際，我悚然感到生命中所承受的不可承受之重。

馬勒一百年前過世了，但是世人真能在這熱鬧的音樂慶祝會當中，再度重窺

查理教堂（Karlskirche），馬勒與艷瑪結婚的教堂。

黌瑪的別墅。一百年前，這裡曾經有多少超凡不俗、雅量高致的人物隨著馬蹄聲達達而入。

凝視維也納當時的風采？在那謎樣卻又普世受歡迎的歌聲中，重新深刻地體驗馬勒和艷瑪之間的愛恨難解嗎？

馬勒的謎，在於因為他是音樂裡「心理學」現象的詮釋者。弗洛依德一九〇〇年問世的《夢的解析》一書，打開一條人心的裂縫；文學家褚威格，尋著這條裂縫，用他的筆風靡了當時的歐洲和世界的讀者至今，因為，他們走的都是維也納的鋼索——危險地剖析著人類內心深處的鋼索。心理、生理；靈性、獸性；人性的狂喜與絕望；至深的痛楚和無比的輕靈；絕對的昇華至無淵的墮落。

這些，都是馬勒在他交響世界裡的珠璣字語。

僅僅因為在音樂世界中尚未有前人做出這樣的心理語言，所以馬勒謎樣的魅力，到今天，只要一栽入那世界，就無法自拔。用心理弦弦緊扣，讓痛楚變得真實，讓歡笑聲聲可聞，甚至連天使的笑容，都——在那管弦樂團的鐘聲中——歷歷在目，幾可觸得。這心弦的悸動，即是人性，真實的人性。

但這不是催眠，那音樂裡還有哲理的寓意。

馬勒的另一個謎，是他的音樂還有種預言的能力。望著他的手稿，我彷彿可看見，他在刻寫每個音符時，那手指似乎像一種反應過度的偵測器，神經質地不停抖動著，隨著沾著墨水的筆尖顫慄地滴下來。那不由自主的顫動，所偵測到的是：人，人和自己的掙扎；人和當下所處的情境的掙扎；以及人和宇宙、和世界之間拉鋸的關係。一旦，這偵測器太過敏感，就會偵測到自己的「命運」。馬勒譜下的曲子裡，竟然有「亡兒之歌」這種標題的作品。當然，第一個激烈反應的只能是醱瑪。一九〇四夏天，坐落在湖畔的別墅這麼美麗；草地上，兩個女兒嬉戲得如此愜意，馬勒怎能一個人關在特別訂做的小木屋裡，閉關著，寫著「亡兒之歌」這種詛咒式的曲子？三年後，他們的大女兒死於猩紅熱。

預言，只不過是一種「逆向」的回憶。

馬勒的小木屋是何光景？馬勒的小木屋隱藏著他的交響曲、他的世界觀，是一個自成一格的宇宙。管理的人交給我一把鑰匙後，我逕行開了木門，進去了。一間不超過三五坪的小房子，面對著湖，靜悄悄的，因為馬勒不讓任何聲音進來。只見枝頭鳥雀顫跳，卻聽不見鳴聲，馬勒要聽的是絕對內心的聲音。要真空生妙有。一架鋼琴，一張書桌，一堆手稿，就是這世界了。

除了那面亮潔無際的湖水，馬勒交響世界裡的宇宙觀，深受當時維也納一個研究尼采、叔本華、華格納的學術圈所影響。那個由學者、有志一同的知識份子

馬勒於維也納住處的紀念碑。

或藝術家所組成的討論團體，叫：「培諾多茯」研討會（Pernestorfer Kreis）。新興哲思的衝擊，在當時的世紀末時空飄盪著，馬勒如飢似渴地汲取，加上他在面對大自然時絕對的虔誠與卑微，讓馬勒在大我與小我、人和宇宙的關係之間既充滿一體的和諧，同時又深具極端的危機感。因為自己和世界之間，這麼緊張，所以，內心中一有風吹草動，天就要塌下來了；反之亦然。在我眼裡，這種交響世界觀加上心理感應超級敏銳的完整配備，是他的作品一再令人反覆深究的原因；同時，我也隱隱約約地感覺，那是一道危險的指南針，它，似乎深具一種無以言狀的能力，無意識、卻又焦慮地指出了二十世紀人類即將面對的所有災難。

災難的交響世界，是馬勒；極樂無瑕的歌曲樂音，也是馬勒。我聽著馬勒親自彈奏的鋼琴錄音，想聞聞看有沒有一種純氧的味道，就像當時艷瑪對馬勒的第一個印象，所下的評語一樣：「天啊！這個人簡直是由純氧所構成的。」不斷地燃燒，不斷地掙扎、不安，不斷的自我救贖。

藏在那扇白色安靜的門後，有馬勒和艷瑪的情牽糾葛，更有馬勒和維也納的愛恨情仇，看完這一切，在走過了幾乎馬勒所有的足跡，知道了「預言」和「真實人性」的關係之後；我踱步於此，望了一眼，不再駐足。

# 馬勒的辦公室——維也納歌劇院

## Prelude——序曲

馬勒

維也納國家歌劇院的一樓裡，有一尊馬勒（Gustav Mahler，一八六〇—一九一一）的青銅塑像，那是出自法國雕塑家羅丹之手。那時的馬勒已經處於生命的晚期，在紐約和維也納之間輾轉演出，返歐駐足停留巴黎時，在羅丹的工作室待了幾個鐘頭，今天，這青銅留住了馬勒晚年的堅毅風采。一八九七年至一九〇七年這十年，是馬勒的黃金歲月，正值他領銜維也納國家歌劇院的階段。但是事實上，事情沒那麼簡單，他得先脫離猶太身分的認同，皈依天主教，才能入歌劇院的大門。這段期間，他終年指揮，改革歌劇節目，延聘好歌手；夏天歌劇院休營時，他則避至鄉下作曲。他的第三號至第七號交響曲，都是在這階段完成的。

馬勒的辦公室，就設在歌劇院的側翼。在這裡，維也納歌劇院奠下了金字招牌的傳統。

維也納，在音樂的歷史上一向角色舉足輕重，是人傑、經典之作綿延不絕的搖籃；但是，她有一段空白的歷史，一段抹去了的噤言歷史，在二〇〇八年，還冤。這和馬勒的作品遭到禁演有些關係。

在馬勒的辦公室裡看著這一堆被人遺忘、甚至是被驅趕離去的藝術家的照片，真是百感交集。馬勒的辦公室在維也納的歌劇院，面對環城林蔭大道，位於二樓的右邊側間。歌劇院是馬勒「上班」的地方。白天要處理歌劇節目流程的安排，不時穿插著女高音歇斯底里尖聲的喊叫，得排解藝術家之間的忌妒糾紛，還要促動整個樂團的水準提升。中午十二點準時回家午餐，之後，傍晚又疾步邁去指揮晚上的音樂會。這是他在維也納歌劇院十年來的作息表。

鬉瑪（Alma Schindler），這位小馬勒二十歲，一輩子穿梭在藝術家之間的女人，在還沒成為馬勒的夫人前，曾說：「天啊！這個人簡直是純氧的化身！」意指，馬勒那種緊張的精神狀態和不斷燃燒精力的樣子。這幾近自虐式的緊繃張力，馬勒除了嚴以「律己」之外，亦貫徹始終地「施於他人」，把這套哲學毫不妥協地用在劇院的經營上。這在今天聽起來，沒什麼奇特的，聽音樂會本來就不可以講話吃東西，團員排練本來就是要準時；但是，那時維也納的劇院聽眾，仍像睡美人一樣，沉醉在恬醉閒適、享受生活情趣的帝國安逸裡，聽個音樂本來就是要讓心情輕鬆的嘛！更何況醉翁之意不在酒、醉酒之意也不在歌劇，歌劇院是「社交」、「交際」的代名詞，來者是要來看人，也是要給人看的。音樂，襯托一下就好了。

這在馬勒眼裡，是褻瀆，也是大逆。對音樂不虔誠，這和他一輩子戰戰兢兢奮鬥向上的哲學有違。他改革的手法，不只在節目的內容上大刀闊斧；還轉身嚴厲要求觀眾噤語，全心專心在音樂的諦聽上，他上台的第一步就把整個廳的燈光滅了。往後的音樂會，觀眾只能乖乖地坐在位子上，一片漆黑下，除了「聽」，什麼也不能做。

嘴巴閉上後，靈魂之口才會開啟。這種基本轉變，可想而知，換來的是一堆埋在心裡的憤懣，團員的日子開始不好過了，連管理戲服道具的人也感到壓力倍

馬勒的辦公室，就設在歌劇院的側翼。在這裡，維也納歌劇院奠下了金字招牌的傳統。（圖片來源：Wikipedia Commons）

增。有個歌劇院裡的音樂家曾經留下這段紀錄：「馬勒給歌劇院帶來了一種根本性的災難。整棟歌劇院從樑柱到地基，被這種空前持續性的高度地震給震得天搖地動，凡是不夠強韌、存活力不夠的，全都得陣亡。在這短時間內，大部分的歌手都被fire掉了……」

沒錯，不夠堅強、抗壓力不夠的，都活不下來，這才是維也納深藏不露的真面貌。「但劇院在最短時間內，因馬勒而提升到了前所未有的水準，到達一絕無僅有的傲人高度；但也是在這段時間內，劇院裡無時無刻不是充斥著緊張、劍拔弩張、人聲沸騰，以及一種人心惶惶的氣氛。」馬勒接手的這十年（一八九七年至一九〇七年），讓維也納歌劇院深深獲益至今，那種非人高標的要求，讓這塊黃金招牌永立不搖，成為世界指標性的水平。

馬勒一九〇七年在歌劇院的最後一場演出，是他的交響曲第二號「復活」（Resurrection）。掌聲之熱烈、鮮花之多、叫好的歡呼伴隨著眼淚，但是，馬勒得走，因為，他是猶太人。當然，他對歌手、音樂家那嚴厲求好、不耐煩的責難之聲，仍歷歷在耳；他和皇室之間的意見相左，也與日俱深（皇家禁止李查・史特勞斯歌劇《莎樂美》〔Salome〕的首演，成為雙方致命的決裂）；還有，一場新聞反猶情緒的文攻，也來勢洶洶。最後馬勒出走紐約，挨了四年，容忍降低自己的演出水準。終末，僅指揮音樂會的演出，不再過問歌劇。

馬勒被趕，也好，沒看到自己的外甥女艾瑪．羅瑟（Alma Rosé），後來死在集中營。馬勒死於一九一一年，那時納粹還沒來。他，只是維也納反猶情緒的首波犧牲者罷了，往後，歌劇院被趕出走的人還多著呢！

馬勒的妹妹賈斯婷（Justine Mahler），嫁給維也納歌劇院樂團的小提琴首席阿諾德．羅瑟（Arnold Rosé）。維也納世紀末的畫家軻可許迦（Oskar Kokoschka）（也是豔瑪日後的情人之一）曾經在聽完他的演奏後獻上一份禮物，那是畫在一張紙上的一束花，加上一句話：「給小提琴之神！」那時這位小提琴首席已流亡倫敦，時年七十五高齡。不久，在得知自己鍾愛的女兒喪命波蘭的集中營後，他也因受此打擊尾隨而去。我不知道這位老父知不知曉，他們的女兒，在集中營時還得組織女子樂團，以娛德軍。一張黑白照片上，我看到一群穿著美麗輕紗手中拿著各式各樣的樂器的女子，神情愉悅地站在舞台上微笑著。不知他們是慶幸自己能在夾縫中求生？還是真的為剛剛演出的結果滿意而笑。

音樂和政治有何關係？我們先來看一下一九三六那年歌劇院的指揮布魯諾．

華特（Bruno Walter）。這位和馬勒同為猶太裔的傳人，在指揮華格納歌劇《崔斯坦》（*Tristan und Isolde*）的演出時，一顆臭氣彈往舞台丟了過去；而一九三八年希特勒還沒正式接受奧地利時，維也納歌劇院總監就趕緊辭退一位首席芭蕾伶娜，因為她嫁給一個猶太血統的人。後來，劇院內凡被檢舉不具亞利安人種（即德國碧眼金髮）或擁有四分之一以上猶太血統的，都被迫退休辭掉。因為歌劇院的藝術家算是國家公務員，淨化的工作要先從公職單位開始。

那段時間裡，共有七十五位藝術家與約二十個歌劇院的工作人員，先後被解雇逼退。

不過，回首顧盼，在第一次世界大戰後的一九一八到一九二五年（奧匈帝國殞滅於一九一八年），甚至到三〇年代之間，馬勒的作品還頻頻演出，甚至可說和李查·史特勞斯的交響詩受喜愛的程度不相上下、演出的頻率並列。連德國諾貝爾文學獎得主湯馬士·曼的妻舅克勞斯·普林舍姆（Klaus Pringsheim）在一九二三至一九二四年間幾乎籌劃指揮了全套馬勒的作品。只不過，李查·史特勞斯後來成為希特勒的文化部長；而馬勒的交響曲則自動消失，一直隱匿到一九六〇年代才又復甦。

維也納歌劇院內部。（圖片來源：Wikipedia Commons）

一九三九年六月十日，希特勒現身在維也納歌劇院的國王包廂，接受群眾的歡呼，那天是李查・史特勞斯歌劇《和平之日》（Friedenstag）的首演。「和平之日」？同年的九月一日德軍就大舉侵入波蘭了，揭開二次世戰的序幕，這齣歌劇，可說是二次世界大戰的前奏。世事反諷，真莫過於此。我仔細凝視展覽陳列的總譜，在《和平之日》發黃的總譜封面上，不知那一位歌手，留下了個字：「戰爭」。好位洞燭先機的先知灼見！這位不知是誰的藝術家在排練、演唱時，竟然不被藝術的名目矇蔽雙眼、蓋過雙耳；在作戲的那一刻，我相信，他心裡有數，清楚得很，知道自己的雙眼將看到什麼樣的未來。那隨著歲月淡去卻嵌印在封面上的鉛筆痕跡，好似隆隆砲聲，在七十年後的今天，仍歷歷怵目。

這些當時歌劇院當紅一時的明星、芭蕾舞者、音樂家，在一九三八年維也納變色之後，流亡、逃離。腳步夠快的，在美國或拉丁美洲找到新機會，好些人在好萊塢成了電影音樂的奠基者；慢一點的，或政治嗅覺不夠靈敏的，就喪生在集中營。但是，更多的是那些人走得了，但是「心」走不了的人。並不是每個到新大陸的音樂家或首席芭雷舞者都能大展身手，別忘了，馬勒那時在紐約，得容忍大大降低自己的水準來演出，他熬了四年，病病懨懨地回到維也納，求的，是安

馬勒的外甥女艾瑪．羅瑟，被稱為「集中營裡的女小提琴家」。

眠於此。而絕大部分的藝術家在花果飄零後，都因文化養分的汩汩流失而無法安身立命，很多人殷殷盼盼地想回來，但卻回不來，而積鬱以終異鄉。

這總共大概有五千人左右吧！

不過，也有人趁機崛起得勢。他們選擇向法西斯的政權磁場靠攏，因政治力量的加持，轉佔了一切和藝術有關的資源，文化行政、學院教職、樂團編制，夜夜笙歌地和執政者琴瑟唱和。至今，不少奧地利的街名也好、音樂節名也好，仍以這些人的名字命名。希特勒的左右手戈培爾（Paul Joseph Goebbels）頭頭，不是為維也納歌劇院的驚人水準，醉心稱讚不已嗎？不少人，仍受惠至今天。

我以前不知為什麼，對卡拉揚（Herbert von Karajan）一向有股隱隱的反感。他的劇照總讓我有股不對勁的感覺，相對的，對他在藝術上的成就，也存著一股狐疑；對於音樂史、音樂節（尤其是薩爾斯堡音樂節）和柏林愛樂，對他整個神格化的推崇，更難以置評。後來，不久前才知道，他曾經二次加入「青年納粹黨」NSDAP。二進二出，這就明白不過了，機會主義者。哪裡有好處、誰當權，往哪裡去。

望著一頁又一頁發黃脆弱的檔案，全部的藝術家好像在一九三八年同時結束了藝術生涯，或者生命。某某一九三八年流亡倫敦；某某一九三八年遭解雇；某某一九三八年被通緝；某某一九三八年被謀害；某某一九三八年送入集中營、死亡……

這些名字，都是一時之選。

焚化爐升起的煙，有著莫札特的小步舞曲，也有約翰．史特勞斯的圓舞曲。

坐在歌劇院裡的人啊！你們是幫兇？是受害者？還是觀眾？

# 童子六七人，詠而歸

## Elegie——這不是序曲，而是輓歌。

曾皙對孔子言其志曰：「暮春者，春服既成，冠者五六人，童子六七人，浴乎沂，風乎舞雩，詠而歸。」孔子曰：「吾與點也。」《論語．先進篇》

尼采

這是曾皙對孔子曾說過的一段話。至今，成為一種師生之間春風沐雨、瀟灑自在的遐想典範。

我可以想像，那時，曾皙可能正在操琴，而當琴聲快接近尾聲，且說完「詠而歸。」一語時，他讓琴聲迴盪一振，長嘯一聲。

我站在馬勒的墓旁，卻久久矇然未察其存在。因為，今天我要祭悼的是一位和尼采同一天（十月十五日）出生的人，在馬勒誕生一百五十年後的今天，從這一刻起，他——我的博士論文指導教授——斯人就要長眠於馬勒之側。

維也納的戲劇博物館正在展出馬勒和奧地利作家湯馬仕·伯恩哈特（Thomas Bernhard）的特展。只是沒想到，竟然會在還沒進去博物館參觀前，在五月一個灰暗小雨的日子裡，卻先到他們的墓前去了。因為，我要為一位學者送行，一個有著舒伯特和貝多芬的神貌、受人推舉愛戴的學者送行。

德語系國家，對指導博士論文的老師，尊稱為「博士論文之父」（Doktor Vater），若是女性則稱為「博士論文之母」（Doktor Mutter）。可見恩如再造，形同掬取知識蜜汁的雙親。但是我遇到的是一個每次考試時，總是對學生說：「請坐，請告訴我一些我所不知的事。」的學者，這又是我人生的一大幸運。

要告訴老師一些他還沒有聽過的事，何其容易；但要告訴一位博覽群書、閱人無數、整天與書為伍的人一些他還沒有聽過的事，何其困難！我對那雙藏在深度鏡片後的湛藍雙眼，所具備洞悉知性的能力，大感訝異，這是我在第一次提出論文契領大綱時，所領受到不可思議的震撼。站在染著春天嫩綠的靜謐墓園，那首度晤面時的感觸，又栩栩如生、歷歷在目。

一張Ａ４十六開紙張所描述的輪廓，即洞悉我蘊懷於胸的一切文墨、潛藏的可塑能量以及慣有的個人處世的風格態度，還有，看出我的知性指標。當然，憑一個人的經驗可做出此判斷；但在那同時，我並沒有一種被看穿手腳的窘困——像在鋼琴課或藝術錘鍊的過程中，所常見的情境——反而是一種更開闊、明亮的喜悅。因為，知道「知識的歡愉」即在近咫——尼采的書《歡愉的智慧》（*Die fröhliche Wissenschaft*）不是以此為名嗎？正是這種磊落、知性的喜悅，成就一種正面的能量，帶引我渡過論文撰寫時，所行經深深、艱辛的、探索的隧道。

諦聽著四重奏的樂音時，驀然驚醒。對啊！尼采也是在這個年紀去世的。精采的不是在那間煙霧瀰漫、有張圓桌研究室裡討論，而是課後老師的邀約。一小群學生跟著，到那間大學旁邊、貝多芬逝世的屋子後面的「貝多芬客棧」。第一次加入那行列時，嗅著那逶迤步履的氣氛，一行人無拘無束、自然自在地跟著，心中僅有一感觸：直是孔子「童子六七人，浴乎沂，風乎舞雩，詠而歸」的寫照！此情此景，真乃古人不我欺也，信然！

彷彿，幾千年前的風采，頓時，徐徐吹來。

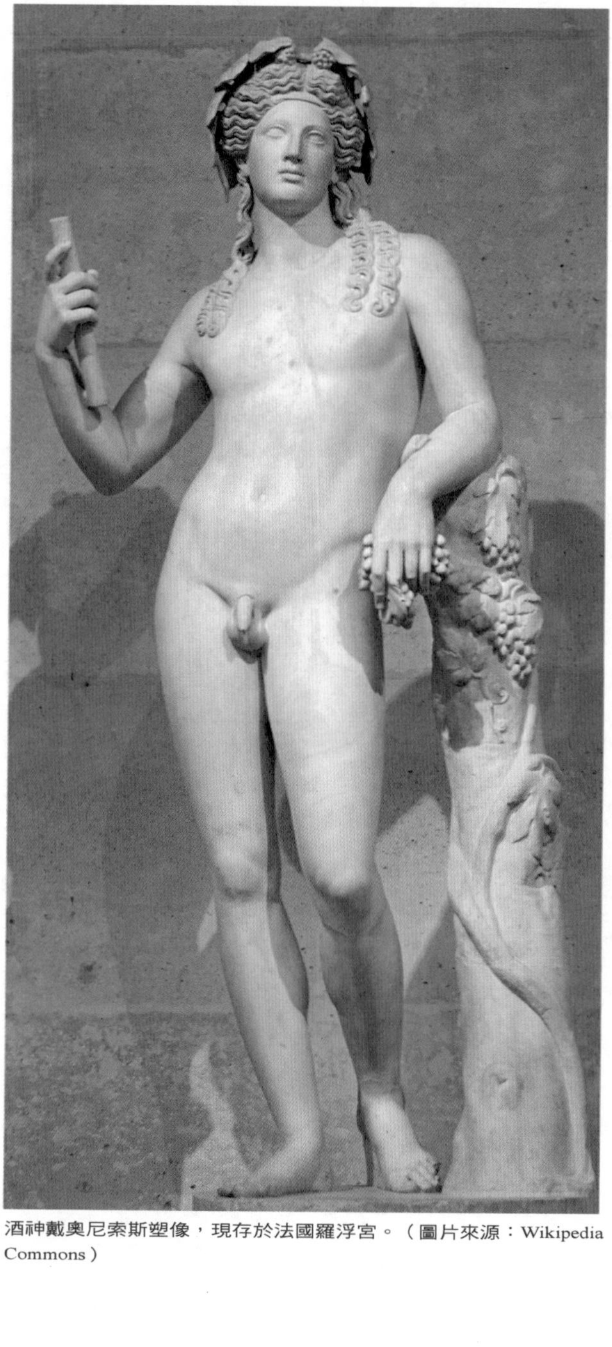

酒神戴奧尼索斯塑像，現存於法國羅浮宮。（圖片來源：Wikipedia Commons）

小客棧裡，有位胖胖的老闆娘和一些熟客，一進門，得小心別踏上那隻懶洋洋的大狗，就著咖啡、啤酒或麵包，繼續剛才的討論，或閒聊家常。老舊昏黃的燈光下，映著煙霧後的教授，某一刻，那朦朦朧朧的談吐、頓挫，總讓我驀然以為看見舒伯特（Franz Seraphicus Peter Schubert）的形影。

蘇格拉底身旁也是跟著一堆年輕人，一直問，一直討論，一直漫遊隨行。蘇格拉底也是口口聲聲的說，他唯一知道的事就是「不知道」。難怪教授深愛著古希臘的精神，根本就是古希臘精神的實踐者。學生喜歡跟、老師也樂意邀，言不及義的耗時間。也難怪，他深得戴奧尼索思（Dionysos）的奧妙。

戴奧尼索思是希臘精神中的酒神，是生命，是音樂，是當下即是。尼采日後第一本哲學巨作《悲劇的誕生》（*Die Geburt der Tragödie aus dem Geist der Musik*），就是藉由戴奧尼索思的身影，來奠定哲學上嶄新的里程碑。

一直到站在墓園裡的那天，我才又得知一個小祕密。以往我曾暗自訝異於他琴上功夫的造詣，那和學生一起彈三重奏時穩厚流暢的琴聲，沒有一番基礎苦練是沒有那聲韻的；更遑論以一位音樂學學者常埋首書堆的通性，通常僅得其一而難縱貫全貌。那天我才知道，老師以前曾經在音樂院念鋼琴演奏科的，這下，我才又少了一項不知道的事。而且更了解這心靈脈絡的走向。

曾以《一位陌生女子的來信》享譽文壇的奧地利作家褚威格，在他的遺世之作〈奕棋〉中，曾對書中那位過關斬將、所向無敵、但卻是一個胸無半點墨水的專業白痴的一代棋王，提出批判的疑惑：「一個對這世界有點好奇心；對其它藝術範疇、知性有些傾心的靈魂，怎能將自己全部的一生，僅僅侷限在這六十四個黑與白的棋子中呢？」這也是我昔日心中的悄悄吶喊，演奏科的錘鍊是如此的艱鉅，維也納的音樂戰場是如此的險惡，但是「怎能甘於將自己一生侷限在這八十八個黑白琴鍵中呢？」進而成為專業白痴而不覺、不遺憾呢？

弔辭中突然出現了一句話：「是衝突也是掙扎，更是豐富自身的知性與感性……」這衝突和掙扎，促成他在人文領域上不斷的探索、積極求解、質疑；在藝術範疇操琴怡性，深入音樂精髓，最後造就成一代融會藝術、文學、哲學的獨特學人風采。不過這種質疑，會再度將矛頭指向自身，對音樂學提出書呆子、僵化、知識傲慢的反辯。開明心胸，博學豁達的立場是：不是把德國音樂美學家阿多諾說過的話，當成威權再來唬學生；而是用手拖著下巴，思索著該如何「想」音樂。面對音樂、人性時如何提出辯思，最後幽默一笑。跳脫一切教條，更跳離了學派的窠臼、無知的傲慢。經由博學、人性、好奇心未泯的驅使，累積成一納百川、匯沛而成的知識大圳；對學問反諷嘲弄時，不失人性。

將近一世紀前，馬勒去世了。那天出殯的情景，後來被荀白克（Arnold Schönberg，維也納作曲家，十二音列與無調性的創始人）畫成一幅畫。在畫中，就站在我立足觀看著棺木緩緩下降的地方，立著一位碩大妖嬈的女性身軀，那蠱惑般的筆觸，描繪的自然是豔瑪——這位世紀末傾國傾城的馬勒遺孀了。我不禁腦中浮起了昔時那些師生相處時光的片段畫面：有講堂內人滿為患、甚至有人坐到窗台上的景象；有講學的人魅力無比，許多學生慕名前來聽課之景，但他那一陣子卻終日躲人，無厘頭鬧情緒地窩居在家的彆扭閉門；也有教授五十大壽時，觀嘆他家那從地板到天花板、好幾個房間四壁皆書的收藏；那天，一個孩子還偷偷摘了放在鋼琴上的鮮美葡萄。

今天一樣百餘人送行，一樣春之季；但童子六七人，詠而歸時，唯獨少了一人。

# 曲終人散——鋼琴家布蘭德的告別演出

## Prelude——序曲

布蘭德

「沒有人文素養的藝術家，實在為數甚眾；不過，正因為欠缺人文素養，這，也阻斷了他們真正成為音樂家的道路。」這是鋼琴家布蘭德（Alfred Brendel）最終的嘆息。布蘭德一九三一年生於捷克波西米亞北部一帶，於奧地利習樂，一九四九年獲布索尼大賽獎後，以自學方式持續一輩子的演出生涯，直至二〇〇八年公開畫下句點。他是首位彈奏全部貝多芬奏鳴曲的演出者，繼而詮釋整套的舒伯特奏鳴曲，以一種知識份子的態度鑽研鋼琴作品；同時也是位散文作家，著有《關於音樂的省思》（*Nachdenken über Musik*）及詩集等。

「先當人；再當藝術家；最後，才當鋼琴家。」傅雷家書如是告誡。

這是一雙長年貼著繃帶的手。大拇指、食指和中指的指尖上，永遠縱橫貼著剪成條狀的ＯＫ繃。七十七歲的鋼琴家，選擇在二〇〇八年退出舞台，他的最後一站——也是最後一戰，理所當然地落足於維也納。

誠如布蘭德自己所言：「我並不會對演出、掌聲或者喝采上癮，所以，為一生的演奏生涯畫下句點，是一個極自然的過程。」這，是有成熟內涵、深度思想的藝術家，才會說出的話語。「最好是無預警的告知，我心中理想的狀態是：舞台上演出完畢後，再對聽眾說，剛剛是我的最後一場告別演出。謝謝。」不過，人生、藝術經驗豐富的布蘭德，當然知道其不可為之，所以，就算他再怎麼討厭表面的形式——尤其是最討厭做作的形式，也清楚「告別」，還是得有模有樣的。因此，一連串的告別音樂會，就此展開了，對這一為期整整六十年的演奏生涯，畫下一個句點。整個五月，他在德國告別巡迴，等到年終，選擇維也納，在這個最愛給傑出的音樂家熱烈掌聲、同時也擁有最苛酷品鑑能力的地方，結束他一輩子在「作曲家」和「聽眾」之間的對話。

布蘭德不屬於任何學派，沒有任何師承，沒有任何信條，因為，他跟的是繆絲女神。這位融有捷克、南斯拉夫、奧地利血統的多方全才，迄今演奏、出書不輟，早時還涉及畫畫及作曲。著稱的是他那種要彈就彈全部作品的漫天蓋海的毅力，以及學究式、知識份子般的深深鑽研態度，於是，一種兼具深度與廣度的演奏詮釋風格，就隨著歲月而產生了。

二〇〇八年的十二月十八日，在維也納的這場告別音樂會上，他將與維也納愛樂合作，彈奏莫札特的 Jeunehomme-Klavierkonzert 鋼琴協奏曲。但是，有多少人——甚至專業演奏家——會對這首作品研究得如下詳細呢？我們且聽布蘭德道來：

「這是首誤名沿用、並且佚名久矣的曲子，一直到幾年前，人們才發覺，她應該正名為『Jenamy 鋼琴協奏』曲才對，而不是Jeunehomme-Klavierkonzert。Jenamy 是當時法國一位知名舞者（Jean Georges Noverre）的女兒，她彈得一手好鋼琴，這首鋼琴協奏曲，是莫札特題獻給她的作品。我不知道她是否長相可人，但是莫札特在這首曲子裡，展現了不凡的靈感樂思，這首鋼琴協奏曲，可說是他創作生涯中的一大躍進，亦可說是他的第一首大師之作。」

這裡，清楚地展現出一個知識份子型的藝術家底蘊，一種無盡探索藝術奧妙的胸懷，一個無設框架的翱翔心靈。唯此，才能對古典音樂文獻博徵旁引，得中肯綮，並清楚地知道，音符，只是窺得藏在音樂中的祕密的工具而已。布蘭德的人文素養，活潑、古典、深厚、幽默人性化，有記者問他，如果，慶祝退休要舉行派對的話，會想邀請誰——對象包括古者今來。布蘭德列出了一份「亡者之宴」的名單：

「首先我想請莎士比亞，想就近地好好觀察他，因為，至今從沒有人知道他的長相、以及他的談吐如何；還有史登豪（Stendhal），《紅與黑》（*Le Rouge et le Noir*）的作者，這位我所景仰的十八世紀的法國作家；此外，兩位英國謬言詩①詩人愛德華．李爾（Edward Lear）和路易士．卡洛爾（Lewis Carroll），也是坐上賓；當然，還包括奧地利的作家穆吉爾（Robert Musil）；至於義大利畫家蒙素．德斯德里奧（Monsu Desiderio），他是現代超現實主義畫家重新發掘的一位十六世紀時的畫家，有人說他患有分裂症，我想看看他是不是真的瘋；還有莫札特，看看他的舉止，是否異於常人；最後，就是姞內瓦．班琦（Ginevra de' Benci），一位義大利的貴族，達文西曾畫過她的肖像，對我來說，這是我認為最美的一幅畫——也許，她會帶達文西一起來。」

多麼有趣的人選！多麼廣泛的閱讀涉獵！書中人，畫中人，多麼豐碩的靈感來源！同時，音樂家也少得如此可憐。

布蘭德心中能稱得上音樂家的人選，實在少之又少，因為，多數人都被音符矇蔽了，現代，還有更炫頭的把戲，混淆視聽。沒有人文素養的藝術家，實在為數甚眾；不過，正因為欠缺人文素養，這，也阻斷了他們真正成為音樂家的道路。布蘭德不得不失望地看著舞台上一群耍身弄段的年輕之輩（尤其在鋼琴領域），極盡所能地把自我膨脹到極限，而枉顧真正的藝術真諦，當然，更不用言其心態了，完完全全的以滿足自我來奴役經典作品。

對布蘭德來說，他認為基本上有兩種迴異的立足點，其一：以寧靜的心態來傾聽作品中的真諦，並賦予充沛的耐心，來明瞭作品真正在傳遞什麼，並且學習應如何面對它；另一種：就是今日常見的態度，把自我展耀放在第一位，對聽

①謬言詩（Nonsense Poems），一種詼諧幽默的詩歌形式，其內容重文字創新遊戲，甚或可無序不重邏輯的安排，來突顯想像力的創造。

眾、作曲家頤氣指使。這樣子的人，事實上是懷著另種與藝術無關的心態，也就是要當明星——利用藝術品，達成自我炫燿的目的。

那麼，獨到的見解、獨具一格的詮釋風格，該如何習而得之？舞台上這麼多的明星，如果彈得都一樣，那不是無法突出嗎？又該如何變成樂壇上的常青樹呢？布蘭德集其一生的經驗，表示：特殊的個人風格，來自於對曲子的熟稔與長期的耕耘不懈所獲得的心得。埋首用心數十年之間，一定會有吉光片羽的出現，也許，換成作家，會稱之為「靈感」吧！而不是因為，出於為異求異的標新立異，所以故意彈得和別人不一樣，來博得他人的眼光。

那演出當下，有沒有一刻完美無暇的詮釋產生呢？布蘭德彈了一輩子的琴，從十七歲，在奧地利格拉茲（Graz）這個南部小鎮的崛起，至今遊走於所有著名的音樂廳，他並沒有在賽馬式的音樂競賽圈子裡，一施身手，而是以一種「自學式」的天賦，來面對藝術與人生這課題。他認為，如果真有那絕對完美的一刻出現，那音樂家真是要謝天謝地，他自己曾經有那麼次經驗，在一次實況錄製舒伯特的降B大調鋼琴奏鳴曲後，認為自己再也無法彈得更好了。他補上一句：這並不是說，我就已經洞悉其中玄妙，掌握所有音樂上的祕密了。

一代大師，如是說。那麼那些勤奮、經驗不及他的後生晚輩，何以驕矜？

至於天才又是什麼？實際上，布蘭德有一位這類型的學生，父親是美國人，母親是台灣人，今年未及弱冠。才走筆到這裡，我們已經可以感受到經紀人那種虎視眈眈、巴不得立即把他送上舞台的猙獰模樣。布蘭德不願多說，只說已經強力阻止他出道兩年了，這段期間，讓該學、該會的，在一切平靜下進行吧！（音樂，來自於寂靜。）他表示：天賦極高的人，腦部運作得比一般人快好幾十倍，並且同時擁有精準的注意集中力，這使得他們在接收事物時，會產生與常人不同的結果，和這樣的人一起工作，比較能體會當年莫札特或舒伯特的腦筋是如何運轉的。布蘭德上課時，問這位年輕小孩看哪些書，搞不好沒時間閱讀？他回答：我看書速度很快。

我記得十七年前的一場音樂會：在布蘭德出場之前，音樂廳的負責人，不尋常地現身在舞台上，對聽眾聲明，今天是大師六十大壽，特此表達祝賀之意。說完有請布蘭德登台，此刻，掌聲貫場，音樂廳負責人在與布蘭德握手恭賀之際，尚嫌不足，不禁發乎情地單膝下跪，以示敬意。此刻，掌聲更熱烈了，那不是官場的作秀氣氛，而是出自聽眾內心的自然反應。

一個向藝術家下跪的國度。

布蘭德，不迷惑於掌聲，亦不迷惑於聽眾對他的崇敬，那麼，如果，他真的不再登台，生命中會缺少什麼嗎？他說：腎上腺素。演奏壓力所造成的生理反應，會讓人緊張、盜汗、心跳加速、血壓升高、坐立不安（只有極少人例外），這一切，是因為腎上腺素分泌的關係——為了應付一個超出人所能承受的非常狀況。但是，他並不會停止「生活」，少了音樂會，他還排滿了演講、文學朗誦、研討會等活動。各位，從二〇〇九年夏起，請拭目以待一個「文學式」的布蘭德。

猶記在維也納聽的第一場音樂會，就是布蘭德所彈的舒伯特奏鳴曲，最後一場，也得去告別。

# 王者之風——李斯特的藍色沙龍

## Prelude——序曲

李斯特

李斯特（Franz Liszt，一八一一—一八八六），匈牙利人，誕生於今日奧地利境內的萊鼎（Raiding）小鎮，幼時於維也納習樂，十二歲時舉家赴巴黎，與同時期的小提琴家帕格尼尼（Niccolò Paganini）、蕭邦、白遼士（Hector Louis Berlioz）等各具風格的一時之傑。李斯特一八四三至一八六一年時於威瑪任職宮廷樂師，除了身為鋼琴家、作曲家、指揮家、劇院總監之外，並同時以作家身分撰文。他所創思的「交響詩」（Symphonische Dichtung）曲式，與法國白遼士的「標題音樂」（Program Music）互為呼應，形成所謂的「新德國樂派」。

李斯特樂風豪邁，技巧炫麗，為人大器。他不只在鋼琴上掀起一種前所未見的演奏可能性；對前來求教的後輩，提攜上亦不遺餘力；甚或力促成立音樂院，賑災救難的義演，皆慷慨攜助。

這位二百年前誕生的鋼琴王者，他在音樂藝術上對後世的影響，不僅僅限於鋼琴的八十八個鍵盤；更多的是他在藝術上，為了不屈從於那無形的陳陳相因，窮己力所開創出來的精神新領域。

一個陰雨漫漫的傍晚。我站在劇院的外側，不想這麼早就進去。等著開演的人，或聊天或手上拿著杯香檳或詢購戲票，有進有出，空氣中有種等待開演前時，那特有的熱絡與期待的悸動。隨意望望晃晃。不過，隨著這份漫無目的，我的目光倏地停留在一位中年女性身上。她的一份獨特，令我感到出眾，一種無形魅力嵌環在她身上的氛圍，讓身邊其他的人好像突然消失不存在似的。說不上來，女子臉龐的那份氣質為何吸引住我，灰白色的頭髮，稜角的顴骨輪廓，稍帶突顯弧度的鼻樑，削瘦的神采，神韻拔萃出眾。

我不禁顧不及禮貌，對著她凝視起來。

當然，這種目光，對方很快就會感應到了；彼此停了一下留在對方身上的一抹眼神，我進了劇院。

之後，不經意聽到身後的人耳語：「看！那是華格納的孫女耶！」難怪！那鼻子分明是柯西瑪（Cosima Wagner）的翻版；那顴骨是華格納的；而那份神韻和髮型，則是李斯特。

華格納娶了柯西瑪；而柯西瑪則是李斯特的女兒。所以，她——我之前不自覺盯著看的那位女性——是李斯特的曾孫女。她目前住在維也納，獻身致力於年年在德國威瑪舉辦的音樂藝術節。

要談這位二百年前誕生的鋼琴王者李斯特，該先從哪裡講起呢？是從舒曼的妻子克拉拉目睹李斯特在維也納的一場音樂會裡，一連彈壞三台鋼琴的壯舉？還是從我最愛的那個小鎮——威瑪——那棟吸引我兩次前往朝聖、李斯特的纖秀寧靜的別墅？亦或，那幢今日位於奧地利境內、李斯特所誕生的白色小屋？

看來，我們還是一起進入李斯特在維也納的那間藍色沙龍好了。一八六九到一八八六年間，這裡是鋼琴之王的據點，每臨維也納時的落腳住處，直到一八八六年他辭世為止。那間藍色沙龍，像一間神殿，一桌一物原封未改的一直維持到

李斯特彈奏過的貝森朵夫鋼琴。

李斯特誕生之屋，位於今奧地利臨匈牙利之小鎮萊鼎。

一九七〇年代才新顏換舊貌。

孩提時代的李斯特來到維也納，跟貝多芬的學生徹爾尼（Carl Czerny）——這個全部學琴的小朋友們所最討厭的練習曲作者學琴；同時和當時名噪一時的沙利耶里（Antonio Salieri）——這位傳說中害死莫札特的宮廷樂師學作曲。他最初音樂的養分，來自這裡。巴黎，是大一點之後的事了。看著他所彈過的貝森朵芙（Bösendorfer）鋼琴，真不知鋼琴這樂器的演變（進化成能承受更大力道加諸更精進的彈奏技術），是否專為了這豪氣萬千的沙龍雄獅而被迫改造的。

一八四二年的柏林，有個場景得介紹：「如雷的掌聲排山倒海地向他捲襲而來！花束如雨般的落在他腳邊！一個心靜如止水的凱旋者，帶著莊嚴從容的神情，讓這一切如天女散花般的降臨在自己身上。最後，總算，他微一微笑，從花束抽出一朵豔紅的鮮花，優雅插在自己的胸前。我想，我宣告這一切現象為：Lisztomania—李斯特瘋。」

此後「Lisztomania」，成為一個專有名詞，這是德國文學家海涅為李斯特量身裁製的狂人藝名。

因為實在文盡辭窮，找不出適合描述那種轟動和觀眾歇斯底里的反應了。

「Lisztomania—李斯特瘋」像瘟疫般地蔓延開來，音樂會裡女聽眾昏倒的昏倒，搶鋼琴家的手帕搶到扯成碎片，瘋到李斯特隨手丟在路邊的雪茄蒂都被人爭先恐後地撿起來，寶貝般的收藏。他所到之處，狂人琴藝所造成的結果，如海嘯般襲捲一切。

他的極端，到底有多誇張；在我眼裡，這才是「浪漫」。浪漫不是瓊瑤式的、如歌夢幻的軟如絲綢而已——這是一種可能性；但把內心衝突、無解的人生問題，如夢似幻的傾訴，撕裂、詭異、荒涼、老樹枯枝瘦馬，與大漠孤煙蒼茫似的俠客豪情誠實地擺出眼前，像他的B小調鋼琴奏鳴曲一樣，那才是一種和現實的決裂。

因為，極端，是一種巨大的力量和美。

這和安穩的市民生活習慣是一種強烈對比，是一記炸彈。也因此，李斯特在威瑪推展「新」的音樂思潮時，備受挫阻。我們很難想像，這位一生下來彷彿就注定要當超級明星的他，當時竟然會有受困於威瑪蹇蹙難行的感觸、會有小鎮容不下自身那股恣意毫氣的感嘆；會對威瑪的小眼睛小鼻子生氣地說：「這裡做不了大事的」。

**Carl Czerny**

貝多芬學生、李斯特之師——徹爾尼。

傳說中害死莫札特的宮廷樂師沙利耶里。

李斯特的歎息聲，也許早已淹沒在他那聲勢壯烈的琴聲中，不為後世所聞；但我今日仍可清楚地感受到那股散發出來的無奈。

事實上，任何一種革命性的前衛思潮，任何一種新的嘗試變化，對習慣穩定的心態而言，都是一種威脅、一種抗拒。

威瑪，至今仍保持著當年歌德貴為內閣時住在那裡時的規模，是一個很小的市鎮而已。李斯特在那裡，以自身已有的地位名氣，大舉提攜華格納，介紹法國作曲家白遼士，寫下一系列關於歌劇的散文（從早期葛路克〔Christoph Willibald Gluck〕到華格納），一本介紹蕭邦的書，當然也在文章裡提到舒曼夫婦。最後甚至，還打算籌備一代文豪的歌德基金會。

這一切，影響的不只是威瑪這小鎮。那棟讓我餘味雋永未止的別墅，一入門，一種富饒豐沛的感覺，總像還凝聚在它那無形歲月中。因為，那時的李斯特，創作上靈感豐收，慕名而來的不只是各方的學生，在一片紅絨窗簾下，尚聚集了各方有智之士，文學家、藝術家，熱烈地討論藝術，彼此激發著靈感。歌德足跡就在身側，這段豐碩之年（一八四八—一八六一），李斯特能不作「浮士德交響曲」（Faust Symphony）嗎？李斯特以純粹作曲家的身分，在威瑪譜下了十二首交響詩；前面提過的那首B小調鋼琴奏鳴曲，更是一種和過去的決裂，它突破了以往所有奏鳴曲既有的形式，藉一個主題轉化成一瀉千里的破立決絕，並且提獻給舒曼。

義大利宮邸園內的美麗噴池，成了李斯特鋼琴的「巡年之禮」（Années de pèlerinage）裡面那首優遊在水波光影間的音符，這裡，我彷彿看到了拉威爾（Maurice Ravel）的鋼琴曲「水之嬉戲」（Jeux d'eau）的倒影；另外，在他的作品裡（如Csárdás macabre）突然響起了不尋常的五度平行，刺激著以往被列為絕對禁忌的和聲規則——這等於是和過去既有的傳統公然唱反調。我想，他在這裡，為法國作曲家德布西（Claude Debussy）打開了大門，讓他日後合情合理地進行著五度八度平行的漫步。

在威瑪，這裡流瀉出一種最早的「印象派」的色彩。

後來，他甚至漸漸地脫離了調性，也就是脫離了所謂音樂的「日常生活」的常軌，這是有違道德的。就像他和他那位有夫之婦的烏克蘭貴族情人一樣，在威瑪過著令人非議的非婚約生活，同時她還帶了個七歲的女兒隨行。這位女公爵被當時威瑪的上層社會列為「Persona non grata」——不受歡迎的人物。

李斯特誕生之屋，建築物前矗立李斯特胸像。

李斯特維也納寓所的門鈴，為少數僅存的原物。

無調性先驅，還是李斯特。晚年的那首「無調小品」（Bagatelle sans Tonalité），我想，他比荀白克還先早了一步。荀白克，這位維也納二十世紀初無調性的創始者，早年習樂時，即立下：要「反抗所有既有的成規窠臼、平凡籠統」一念。在一九〇六至一九〇九年之間，他公然放棄音樂上大小調的調性，這，要在音樂之都立足，等於是將自己從地平線抽離。

不過，我想，他只是把李斯特晚年音樂上的實驗、脈絡，系統化的發揚光大，並以自己的語言講出來而已。

甚至連華格納歌劇裡的「崔斯坦和弦」（Tristan Harmonie），也可能是李斯特影響下的產物。威瑪那棟謙虛的別墅門宅，開啟了音樂藝術上的二十世紀之門。

慷慨寬大，是李斯特的人格特徵。後輩睜大眼睛望著他，心領這位鋼琴巨人的啟示之餘；他則大方地邀他們站在自己的肩膀遠眺。李斯特對後輩的寬容，一如他音樂上的大氣，一派王者之姿，智者風範。只管提攜解囊，只怕維護不週，只恐疏漏了一個天分。

在威瑪，李斯特提攜華格納不遺餘力。他指揮首演華格納的歌劇《羅恩格林》（*Lohengrin*）及《唐懷瑟》（*Tanhäuser*）之不足；一八四八年德國革命時，還幫華格納弄來一本假護照，讓他從德勒斯登（Dresden）逃到瑞士去；之後，李斯特的女兒柯西瑪可說是克紹箕裘，在成為華格納的妻子後，一輩子為拜魯特（Bay-reuth）的音樂節鞠躬盡瘁。

本來，李斯特還打算在威瑪為華格納的一系列歌劇《指環》（*Ring*）特地蓋一間劇院的。當時如果這件事成真，今天德國的拜魯特音樂節，就得移駕到威瑪了。那麼，前文提到的那位李斯特的曾孫女，今天在籌措威瑪音樂藝術節時，就省力多了。

李斯特與華格納，這兩個人在音樂上的身影，彷如文壇的歌德與席勒，在威瑪前後相隨。李斯特音符和生命故事，無疆界、無遠弗屆的遠颺遠行。他一輩子旅行演奏的足跡，足足可繞地球兩圈；他音樂上的手法，鍵盤上所造成的震撼，探測窮究極限。

這位心胸氣度與見識早成為「國際公民」最佳典範的藝術家，最後葬在南德拜魯特。

我想，他的超技不在「琴藝」，而在一輩子無畏、「革新」的思想過程。

## Prelude——序曲

華格納

〈伊里亞德〉（Iliás）與〈奧德賽〉（Odyssee）是希臘兩部最早的史詩，相傳由盲眼詩人荷馬（Ὅμηρος）所著。伊里亞德講的是為了搶奪美女海倫，攻打特洛依城十年的故事，最後由一匹木馬方能屠城；此外，伊里亞德內所敘述的希臘神話種種，融成了歐洲文化的源頭。

奧德賽，則是講攻打下特洛依城的英雄「奧底修思」（Odysseus），返鄉十年海上的迷航冒險奇遇。在很多不同語言中，「奧德賽」一字進而衍生出漂流、流浪、迷航之意。

這兩部史詩和聖經，最後成為歐洲文化最重要的兩根擎柱，撐起了整個西方的文明殿堂。

航出「伊里亞德」與「奧德賽」故事的希臘海景。

歐羅巴（Europa）相傳本是腓尼基王的女兒。古老的希臘神話中，眾神之王宙斯，因覬覦她的美貌，化身成一頭公牛的模樣，載走了她。從此，這塊面臨地中海，鄰著小亞細亞，有著一支靴子狀的小小陸地版幅，被稱為歐羅巴洲——也就是歐洲。

往後，在這片湛藍得分不出界線的天與海之下，孕育出了極精緻的希臘文明，雄風威嚇的羅馬帝國，重倡人本神魂的文藝復興（佛羅倫斯），實事求是的啟蒙主義精神（法蘭西），以及近代，我們口中有關歐洲的一切。

抬頭望去，滿天的繁星，毫無隱諱地閃爍出各式星相的款姿。西元前兩千年，希臘人仰首繪製星座圖時，觀看的，也是這般的星星？

四千年來，湛藍的海水清澈見底，望著底部礫礫可見的石頭，隨著拍湧而至的浪花，我突然想起荷馬詩人筆下的奧德賽，十年的特洛伊戰爭，十年的返鄉路程，航的，不就是這片海嗎？望的，不也是這片藍天與星辰？

希臘人竟然把持一片天色近四千年不變；護著整面海水的透澈逼人，好似一副沒事兒人名狀。我再度重新思索所謂「破產」的意義了。突然，行駛在路上的車子不得不立即停下來，鄉間的道路，被一群從山坡上擁簇而來的羊群給塞住了，牠們要過馬路，到對面山坡吃草去。靜靜地、耐心地等著牠們脖子上的鈴聲漸行漸遠而去，望著這群有白有黑、體型嶙峋削瘦的點點羊隻，映在暈黃疏矮的橄欖樹後，我又想到希臘神話裡的故事，人身羊腿狂妄不羈的半神祇，也是在這一無比平靜祥和的夕陽下出場的？我重新在心中試著度量起時間上「千年」與「昨日」的意義：如果，這片夕陽下，比聖經裡所描述的牧羊人還早的「永恆」，今天仍可以看得見，那麼，到底哪段時間長？

克里特島（Kreta）的祕密，不僅在於她是希臘文明的發源地——希臘文明又是整個歐洲文化的發源地——望著這群緩緩消失在夕陽下的羊群，我懂了，她的祕密是在於這一片「遺世的永恆」。

克里特島在整個歐洲的最南端。遠在希臘文明之前，就有了米諾人（Mino）所建立的高度文明遺址，那是公元三千年前的事。相傳米諾王就是宙斯和歐羅巴公主所生，今天在他們所留下來的皇宮廢墟中，有一個故事在希臘神話裡廣為流傳著，說是米諾國王建了一個迷宮，裡頭豢養著一個牛頭人身的怪獸，來者皆無法破解平安走出這迷宮。克里特島人自詡為諸神之後，上承最古老文明的眾神之王，下位於整個歐洲的最南之隅，中間隔的這片大海還成為荷馬的史詩——伊里亞德和奧德賽活生生的場景。這種把天上地下、神話、人性，同時交錯和諧地安排在自然裡的生命哲學，竟然這麼不著痕跡地安頓在藍天、白屋、神祇的廢墟中（同時，島上隨處可見的太陽能蓄電板，豐富地接收整年充沛陽光的贈禮），我對他們這種雍容自處的態度，不得不暗暗咏嘆於一種罕見的能耐了，一種與世共處，不貪婪的祥和心境。這種葛天氏之民的灑落情懷，胸藏丘壑，城市不異山林；興寄煙霞，閭浮有如蓬島之感。

很早以前，我一直認定西方世界印下第一本書的場景，是在水都威尼斯那窄窄的巷子裡，昏暗的斗室中，由那大大原始的木製印刷機，印出人類第一頁的文明紀錄。結果，這回才知道，這印刷技術，是由威尼斯傳開整個歐洲沒錯，但卻是一位克里特島的人帶去的。文明啊！藉由希臘之手，你的名字就此開啟。

希臘，送給歐洲文明之始，送給歐洲最初的印刷技術，同時沉穩地把她的子民送往地中海北邊的各個國家。最早的羅馬人也好，法國的高盧人也罷，西班牙人加上摩爾人也行，最後含括北方野蠻未化的日耳曼民族，統統自詡是受到希臘

位於克里特島上歐洲最早古文明克諾所（Knossos）遺址。

這文明之母的孕育滋養，也對這文化的起源畢恭畢敬，承認是她的孩子——而且是本身文明高度遠遠不如她的孩子。

在所有錯綜複雜精采的希臘神話中，有一個微不足道的小故事，更深刻地留在我心中：傳說很早很早以前，愛琴海上有個小島，島上住了個小男孩，很想讀書識字，但是在他居住的小島上，並沒有學校可去。他天天以企盼的眼神望著對岸那較大的離島，知道在海岸線的對面，有間學校，琅琅的讀書聲，彷彿就隨著澎湃到跟前的海浪傳了過來。有一天，一隻海豚從海面上浮了出來，小男孩與海豚彼此看了一眼，默契十足地跨上了海豚，欣喜地乘風破浪上學去了。

騎海豚上下學的故事：由大海延伸出對知識、文字、智慧，對外世界的渴盼，這真不愧是會講出「哲學」（Sophia），即是「愛智」（Philo）的民族啊！

走筆至此，也許各位讀者心中的疑問已清楚再次浮現，不得不質疑，那為什麼今天的希臘會落到這地步，破產，急急仰賴德法歐盟的金援？望著來去如織的北歐德國觀光客，表面上，希臘是靠這些歐盟強勢的國家來想辦法振興經濟；但是，在我眼裡，真正需要求援的是這些從北方千里渡海而來的蒼白面孔，來向希臘乞取陽光的溫暖，海洋的滋潤，生活的調劑，以及母性文明的最終撫慰。看來，沒有了希臘，真正活不下去還不知道是誰呢？

飄浮在一片清澈之中，浪水一波又一波自然的韻律，彷彿再度體驗到生命起源在母體裡的朦朧感受。

華格納的歌劇《尼布龍指環》（*Der Ring des Nibelungen*），一連四部，讓日耳曼的神祇一一出場，最後來個〈諸神的黃昏〉（Götzendämmerung），讓天地人神大家因貪婪爭奪萊茵河黃金而同歸於盡。諦聽過日覆一日拍岸的大海；一次又一次凝視落日的動人，僅覺得這華格納真像青春期式的反叛，真以為諸神有這般的黃昏結局。

思緒，回到曾經拾級而上、位於希臘本島上的伊比禱羅思（Epidauros）劇場，這座千年來幾近完整倖存的劇場，靜靜地藏身於一片蔥蘢綠意之中，由石階刻成的座椅，延著整片山壁一排一環的、以弧開半面的扇形環嵌著下方的圓形舞台。最前排的位子，是給祭司元老坐的，還有一體成形的石雕靠背，依偎上去，好不尊貴之感。我一時興起想與古人並肩試比高，恭謙地站在舞台中間，想和千年的希臘悲劇對話。才僅一平常啟口，山坡上最後一個位子都清清楚楚地聽得見我的話語。這真是所謂的空谷足音了！幾千年來的時空遞嬗，這座讓夕陽餘輝成為自然舞台燈光的劇場，竟然能與當下這一刻同軌並存，這才是大器的含蓄和神祕！高度的技術掩藏在藝術之後，正如希臘人把人性、神話、人生融織成悲、喜戲劇之後，一切都這麼的不著痕跡——僅留下回首神祕一笑，釋放出永恆。

# 失明的城市——葡萄牙詩人薩拉馬戈

## Prelude——序曲

薩拉馬戈

薩拉馬戈（*José Saramago*，一九二二—二〇一〇），一九九八年諾貝爾文學獎得主，生於葡萄牙，出生農家庶民，早年失學，以自修方式從社會勞動階層，進入文字領域，由報社、雜誌社到自己撰文，直至五十五歲才以獨立作家身分立足。葡萄牙從一九三〇年代處於獨裁狀態，直到一九七四年的康乃馨革命，方得以和平轉移成民主國家制度。薩拉馬戈一九七七寫的小說《那一夜》（*Die Nachti A Noite*），記錄的是四月二十四至二十五日康乃馨革命的前一晚，結束法西斯政權的事蹟。此後，「葡萄牙」一直是他小說中重要的主題。

但是，作家和祖國的關係往往不是融順的。葡萄牙是虔誠的天主教國家。薩拉馬戈一九九一年所著的第七本小說《基督之後的福音》（*The Gospel According to Jesus Christ*），惹得梵諦岡頗有微辭；隔年本來被提列在歐洲文學獎名單上的薩拉馬戈，被葡萄牙當局一筆刷掉。他一怒之下，移民西班牙一島嶼 Lanzarote，直至往生。

越老筆鋒越利的薩拉馬戈，當時針對此事曾表示：「如果是獨裁時代發生這種事，我還能了解；但在今天民主社會裡，還如此，那我著實為這審判言論的尺度感到羞愧。」

&

「看」與「觀察」是兩回事，有眼皆能視；但是只有明眼人，才能在靜思中看出其中箇妙。

二〇一〇年辭世的葡萄牙詩人、小說家、劇作家暨一九九八年諾貝爾文學獎得主薩拉馬戈，一九九五年寫了一部小說，叫做《失明的城市》（*Blindness; Die Stadt der Blinden*）。這是一部抽離現實、最後卻由慈悲同情包容了一切的寓言小說，藉此，薩拉馬戈來促使我們再度理解現實——並且告訴我們，這，才是人性的「寫實」。

薩拉馬戈生於葡萄牙的一個鄉僻小村，父母是不識字的佃農，他的求學經歷——雖然成績優秀，很早就被迫中斷。葡萄牙的貧窮，從告別了海上霸權的黃金時代後，就一直成為歐洲靠大西洋最邊陲的窮親戚。薩拉馬戈進入一間工業技術學校，習得一技之長，早早進入社會底層，以修理汽車為業。十四歲時，他那文盲的母親，送了一本書給他，從一位本身不識字的母親手中接過生平的第一本書，那意義是多麼的重大不凡！

這對薩拉馬戈而言，像開啟了一扇通往不同世界的門，日後他在葡萄牙首都里斯本的圖書館裡自修的身影，可說都來自這本書的轉折。很快的，他進入報社、出版社工作，貼近側身文字。這類切身的社會經歷、體驗，是他深入觀察人性最佳的場域。一直到五十五歲時，薩拉馬戈才真正以獨立作家之姿立身。

葡萄牙和台灣相似，在二十世紀有一段幾近半世紀的獨裁時間。從三〇年代開始（一九三二年薩拉查〔António de Oliveira Salazar〕政權始），一直到一九七四的康乃馨革命，才真正告別軍事獨裁的統治。但是這段期間由獨裁者蓄意造成的國家窮困與人民的文盲無知，才是人性真正的大災難。

這些獨裁政權典型奴役人性的蛛絲馬跡，在《失明的城市》這部小說裡，處處可見。不過，薩拉馬戈雖然是個悲觀的懷疑論者，卻在創作過程中，從未失去對人性的期待、和深藏於人性中那一絲善的一面，始終抱持著有朝一日終得以見曙光的希望。故事中，主人翁是一對醫生夫婦，在他們居住的城市，一夕之間，突然開始了一種怪病，城市居民一個個先後失明，每個人只看見眼前一片又一片的白色，莫名其妙的都看不見了。

先是從交通大亂開始。一個駕駛人突然看不見，上班時間塞成一團，甚至，連飛機飛到一半都掉了下來，醫院擠破門，越來越多這樣的例子，最後，連醫生本人也失明了。沒多久，全城的人，陸陸續續地罹患了這個可怕又令人無所適從的絕症。還沒失明的政府當局以為這是一種新的、詭異、會傳染病的白盲症，於是，決定採取隔離政策，將看不見的人統統關進隔離所，以防疫情擴散。

很快的，食物補給開始短缺，人心陷入空前未有的恐慌。但是，這個城市無能、專制的政府，並沒有採取積極、適當的措施來安頓時局，安撫市民；反而是用一種十分粗糙、反文明的非人性手法來面對此非常狀態。他們唯一的方法為：將失明的人，也就是「異己」——像耶穌時代對痲瘋病人一樣——把他們隔離起來，關在一起。並且派出軍隊，荷槍實彈把守，凡欲逃離者，格殺無論、殺無赦。於是，整個城市，一瞬間，變成一個極度極端自私自利的恐怖人間地獄，欺騙、醜陋、暴力、不公不義，如鼠疫一般迅速蔓延每一個角落，人人自危，無一倖免。

不過，有一位居民卻倖免此劫，她是那位醫生的太太。當醫生本人被送進隔離營時，她也隨步跟上車去，騙說自己也失明了。於是，她成為所有人當中唯一倖免的人，當整個城市的人都淪陷後，只有她眼明獨醒。

這位女性變成所有人中唯一一個看得見的人。她看得見，但得裝作看不見，才能和自己的丈夫在一起。不僅如此，她還得充扮起整個隔離營僅剩、唯一的雙眼。如此煎熬、重大的責任負擔，薩拉馬戈安排由一位女性來承受。她身後永遠跟著一群人，一隻手搭一個肩的，像小孩子一樣地重新學習生活起居。但是，一開始還好，不過隨著時間，每個人的心理狀態在絕望與不堪折騰下，很快就接近崩潰的邊緣——包括她的丈夫。

這時，人性最原始的一面就展露無疑了。配給的食物一旦開始短缺，動物本能就抬頭了，爭奪、骯髒、醜陋、互相剝削、欺凌，簡直是人間煉獄。薩拉馬戈到底還是個人道主義者，他讓救星幫助她的丈夫，也幫助其他失明的人，一日，他們發現全城早已棄守，這位女性帶著他們，一步一步走出這個人間煉獄。

小說中薩拉馬戈讓他們看到的，就像今天的倫敦暴動後的街景一樣，這位二〇一〇年辭世的作家，預言式地把這世紀初的恐怖提早寫入小說——讓我們「看見」了。

極端自私物化的現象，並不只存在於資本主義過度發達的國家；在極端極權的共產國家，亦如是。它，是一個新的「精神恐怖主義」、一個新的「獨裁者」。薩拉馬戈如是說。

薩拉馬戈本身和曾經走過獨裁歲月的母國葡萄牙，處得並不融洽。身為一個無神論者、共產主義傾向的作家，他年紀越大，惹毛的人越多。先是和保守派的報紙立場對峙，弄得去職；再來是和傳統天主教的勢力意見不合——葡萄牙的民風歷史受天主教影響甚深——氣得主教罵這位無神論者的作家是異教徒（十八世紀，葡萄牙還燒死了最後一位異教徒）；最後，當薩拉馬戈二〇〇二年親眼目睹了巴勒斯坦的難民營後，對以色列提出嚴厲責難，形容他們簡直是讓波蘭的奧斯維茲（Auschwitz）集中營重現人間，和當時的德軍不遑多讓。當然，看著全球化資本主義捲襲人性時，他對資本主義的嘴臉更是不屑。

這一切讓葡萄牙把一個本來要頒給他的國家文學獎，取消掉了。已屆高齡的薩拉馬戈二話不說，離開祖國，最後出走葡萄牙，自願遷徙到西班牙的一座島上；但是他在里斯本還是象徵性地保留一個住處，並定期向葡國政府繳稅。

在這部《失明的城市》小說中，有悲觀的角度，有卡夫卡式的懸疑未解，更有像馬奎斯那般風格的魔幻寫實，但是，有一種一直隱伏情節中的希望，讓人隱隱約約感受到，這是薩拉馬戈的典型風格。他始終沒有放棄相信人性裡善的那一面，相信最終的人性；因為，他是那個面對「後獨裁」思維時，永不棄守、最頑固堅守的人道主義者。

# 錦瑟無端五十絃，一絃一柱思華年——叔本華之死

## Prelude——序曲

叔本華

叔本華（Arthur Schopenhauer，一七八八—一八六〇），德國哲學家，生於但澤市（Danzig），逝於法蘭克福。早年從父業學商，父歿後，叔本華母親遷居威瑪開始寫作，主持沙龍，與歌德（Johann Wolfgang von Goethe）亦有過從。叔本華棄商後，於哥廷根大學（Georg-August-Universität Göttingen）念醫學，轉哲學，最後獲耶納大學（Jena）哲學博士學位，代表著作《意志與表象的世界》（*The World as Will and Representation*）。其學說集倫理學、形上學、美學於一成，承襲康德、柏拉圖理性學術走向，並受到東方佛教的影響。

站在一片書海前，靜靜地，幾近虔誠地領受這一片浩瀚書籍的底蘊。這是叔本華智慧之源的所在，站在他的藏書前，可以隨手拿取書櫃中的任何一本書。但我只是繼續靜靜地站在原處，哲人先知的藏書，怎能隨意信手取來？手上的汗漬對古籍是何等的傷害，站在這片書海前，時間頓時無限跨大超越，緩慢，最後靜止不動了。

不覺，他信手拿出一本書。

⁂

人在法蘭克福學派（Frankfurter Schule）那棟建築。

「您對法蘭克福學派有所聽聞見解嗎？」

「阿多諾！霍克海默……」

他微微一笑。

「這是法蘭克福學派建築物的所在。」

一個字、一句話、一個人名。每句話簡扼、頓挫、內容卻像鞦韆般越盪越高，這幾個字，像迎過來盪過去的推力支點，腦力因此互相激盪，越發勾纏精采，幾個人名，一句話，就夠了。

叔本華的藏書室，沒對外開放的圖書館。

「您可以自由取閱。」

「……」

我怎能自由取閱?!這是叔本華的書啊！他親手翻過、拿過、摸過的書啊！他夜裡深思踱步時、陪伴著他的沉默友人啊！他坐在書桌前，殫精竭慮地寫著《意志與表象的世界》時，這些書扮演了什麼樣的角色？是何等舉足輕重的重要支柱？甚至他在氣惱黑格爾（Georg Wilhelm Friedrich Hegel）在柏林大學和自己開的課衝堂、氣學生統統慕名跑去聽黑格爾的課，而自己得面對教室裡寥寥無幾的學生所受的冷落時，這些書，也靜靜地佇立在旁邊啊！——它們是暗暗竊笑？亦或靜靜撫慰這一顆倔強的哲人心靈？

屏息站在這滿滿的兩座大書櫃之前，深色的皮革書背，高高矮矮緊實地排列整牆，從空隙處，我隱約望見黃黃斑斑的書頁，時光凝聚在這縫裡，連呼吸都不敢出聲，竟然能與叔本華站得這麼近！我想，在這哲人的書櫃前，任何的動作，都是褻瀆；更遑論以一種與渠知性等高的姿態，伸手向前去取出書櫃中的任何一本書。此刻，我僅能靜靜地站著，以目光細細地流撫過每一本書，深深記得停在每一本書上的那一種感覺，一種今生今世只能相遇一次、一期一會的感覺，一種目光一旦透移到下一本，走過之後，就再也不能回到他的世界的感覺。算是默念，算是致意，算是緬懷。

以心靈撫拭過一遍。

人在法蘭克福大學的圖書館。

館長又跑進去交代了兩句。我以為是公事，旁邊迴避了一下。沒想到，下一個動作竟然是有人專程捧出幾份樂譜手稿，端端敬敬地放在我的桌前。

「這是孟德爾頌的親筆手稿。」我身子不覺微微一顫，接著豁然一挺。

「什麼？」

又是強按著心中激動的情緒，坐在椅子上，仔仔細細地望著這筆跡優雅的墨水痕跡——孟德爾頌一輩子什麼不優雅？一舉手、一投足，一音一字，一盼一顧，甚至一整個人生的軌道，都不離優雅這兩個字。正應驗了契訶夫（Anton

Tschechow）在《萬尼亞舅舅》（*Uncle Wanja*）劇作中：「人，應該什麼都美，容貌、衣著、心靈、思想都應美。」法蘭克福的河畔，五月法蘭克福的河光，流瀉在這譜稿的筆跡裡。發黃的手稿上，歌是這樣寫的。

時光有時會因人當下的體驗，變快或變慢；音樂流瀉時，會因情緒的徜徉或激動，變得彷彿離開現世的制約規範；但是，那種無邊無際的靜止，只有在很少的機遇裡，才會吉光片羽般地出現。人，的心靈，會因此邃密深沉。

在叔本華的眼裡，音樂凌駕於所有的藝術之上，與哲學等級。音樂本身就是意志的表象，所以世界＝音樂＝意志表象。一個心靈處於音樂活動的當下，即是在從事哲學思考的活動，只是它本身不覺而已。

等到我回神起身時，已無法再思考任何的事。因為時空的座標已經不再以它平常的姿態呈現，也不再以它原有的邏輯運作。

「我們學校很窄，目前在擴建中，但是，有一樣東西，您一定得來看看。」走進書堆到天花板的藏書室，「很抱歉堆得亂七八糟，不過這只是暫時的貯藏。」

「沒關係。」

我跨過書堆，舉步留意，左閃右閃，來到一架鋼琴前。

書堆中擠著一架老琴，平台鋼琴的古老雕花，透露著他的年齡。這不是現代的東西，我望著這一切，望著館長。

這古董的意思是？

「這是孟德爾頌以前擁有的鋼琴，暫時放在我們這裡。」他聽見我心裡的聲音，解釋著。

「……」我該說什麼呢？

孟德爾頌是人中之傑；而繆思之子，則是讓世間增色的稀品。

這一連串的驚豔，智性的驚豔，靈性的驚豔，起因於在我上完大師研習課後，一心執意地前往不遠的法蘭克福，為的只是要看叔本華在那裡的一點一滴。我知道，大學裡藏著他的手稿。書的召喚，手稿筆觸的流韻，這種頻率從德國一路波動傳到維也納，我像被磁場吸住的一片金屬，不由自主地——或說千方百計地——不親炙大師跟前一番，難釋渴慕之情。

人到法蘭克福，心卻更無法平靜。我每次踏尋藝術家、文人學者的足跡時總是心神不由顫慄，想到往昔有個優秀的靈魂，曾經落腳於此，曾在此吐納呢喃，而我，有幸得以再撫拭過那步履，這種生命重疊的經驗，或甘或苦，或澀或無奈，或蒼涼或悸動，皆為靈魂一次又一次深刻的朝聖。歐洲大大小小的城鎮，也都如此愛惜著這些給他們帶來榮耀的瑰寶（也許生前曾冷落這些不按牌理出牌的哲人或藝術家吧！）讓他們的一窗一景，一足一跡，謦欬言行地照原樣給留下來；讓那椅子上好像還殘留著餘溫，人，不過才出門喝個咖啡，馬上就回來似的。

叔本華在法蘭克福度過大半輩子。他那守寡後卻在文學上大放異彩的母親約翰娜．叔本華（Johanna Schopenhauer），活躍在威瑪的沙龍。母子關係惡劣決裂，也是造成他一副臭臉的原因。但是，不可否認的是，他因父親遺產的庇蔭，得以寫出《意志與表象的世界》，得以在法蘭克福過自己的日子，得以留下那些藏書遺稿。

叔本華不認同西方哲學視「理性」、Logos（言論思維）為圭臬的宗脈傳承，而是將事物**本質視為其本身「欲念意志」形於外的表象結果**。我在這學說的餘盪裡，看到了日後弗洛依德對人類欲念衝動的解讀；當然，繼叔本華之後的尼采，則是踏尋這一脈絡，走出了一條令人更驚駭、宣告「上帝已死」的路。如果說，他在那時十九世紀的思想座標，綜合了康德的純理性批判哲學、柏拉圖的理想主義，那我必須再加上：叔本華是第一位融入佛教理念的西方哲學家。

他房間裡有一尊小小的佛像。關於東方的哲學，他最早接觸的是一本從波斯文譯成拉丁文的吠陀奧義書。他的悲觀憤世在佛家視人生為苦海的觀念裡，得到共識般的共鳴；甚至進一步認為，只有沉浸在「藝術」和「哲思」中，人，才能稍稍解脫。

等待，靜待，東方佛教的態度。

旅客中心給了我不夠正確的消息，我坐在大學圖書館裡，等待。叔本華的手稿是在圖書館沒錯，但是，開放時間寫錯了，沒開。圖書館裡的人也沒辦法，要我去碰碰運氣，看館長在不在。

我坐在候客室裡，繼續等待。期間，走過去一位中年紳士，我打了個招呼，繼續等待。

秘書請我進去說館長回來了。我一進去，剛剛那位就是館長。知道原由後，館長馬上拿起電話說這樣不行，要打電話給旅客中心投訴，害人白跑來這樣不行。之後，隨即起身：「我帶你去看。」

接下來，就是前往法蘭克福學派那棟建築的街景了。兩旁大樹林蔭，陽光透過綠意灑了下來，路上聊了尼采，聊了阿多諾，進去了一棟乳白色的房子，幾個樓梯攀旋後，介紹了一位專門研究霍克海默（Max Horkheimer）的學者給我認識，他已經在這領域鑽研十五年了。「叔本華的手稿因為大學圖書館裡空間不足，先放在這法蘭克福學院裡。」他略帶抱歉地說。「所以手稿還不對外開放。」

但是他卻拿出一串鑰匙。

一扇門打開了，這裡都是叔本華的遺物——包括那張他躺在上頭辭世的沙發。「這是他的藏書，您要看哪本請自己拿。」我怎能自由取閱?!這是叔本華的書啊！就算館長命令我也不會碰的。不覺中，他倒是信手拿出一本書。

「這是維柯的耶！太好了！我不知道叔本華竟也有維柯的書，託您的福我才在叔本華這裡邂逅維柯！」維柯（Giovanni Battista Vico，一六六八—一七四四），義大利的法學哲學家。

人的面孔會比嘴巴透露出更多的祕密，因為嘴巴說出來的只是人的思想；而面孔說出來的是思想的本質。這本質在這位館長身上的一言一行，我僅僅能用尼采的一本書名描述形容：《歡愉的智慧》。

桴鼓相隨，如斯應驗。

叔本華辭世時躺臥的沙發。

館長拿著那本叔本華維收藏的柯著作，經過大學時，對坐在電子感應關卡前的小姐揚了揚手，默契地點了點頭，出來了。

叔本華臭著臉，在法蘭克福河畔牽著那隻取名叫做「生命之息」的狗散步，夕陽照在他的背影上，我不知道，這幅景象，不見他一貫悲觀激烈的語調身段，倒是一副與世無爭、隨緣放曠的道家精神模樣。甚至，哲人晚年，所企盼心儀的辭世方式，竟是如此浪漫：他希望能在九十高齡、人在葡萄園採一串葡萄時，倒在酒神的懷裡。這醉醒，則是在尼采身上發生的事了！

如果音樂本身即是世界的話，那麼「無端」，即是這本質。這讓我想起兩句詩：錦瑟無端五十絃，一絃一柱思華年。好個「無端五十絃」！這「無端」，道盡一切，無私展現熱忱的胸襟，讓知性的歡愉淋漓盡致。

我想，「有情」世界裡的一切，都是從這「無端」開始。

## 內容簡介

二十篇親炙時空場域的文化記事，二十年尋訪藝術心靈的生命積累，以維也納為立足點，放眼歐洲的人文角落，透過褚威格、克林姆特、舒曼、蕭邦、尼采、卡夫卡、馬勒等，藏匿在古典背後的孑然身影，人們在時光洪流中尋找和自己神似的面孔，感應到彼此相通的靈魂，最終，得以用清楚而超然的姿態，凝視、思索、涉入——人本神魂的文藝復興，實事求是的啟蒙主義精神，以及近代，我們口中有關歐洲的一切。

「不是音符讓人感動；而是藝術、經由一瞬間的不期而遇，在人性上烙下了靈犀的悸動。」這是作者洪雯倩女士的詮釋。藝術之於人的觸動，猶如閱讀一段華美的小說段落，人，我，側身字句之間，往復觀照，在超越虛實與時空的交會剎那，便是「感動」誕生的永恆瞬間。

本書採擷了二十個永恆的瞬間。作者洪雯倩女士積累二十年的文化行旅，以親炙已故的藝術家所留下的足跡為主軸，以歲月痕跡為生命走筆，嘗試重現歐洲藝術、歷史、人文精神的一景一物。維也納、威瑪、布拉格，在城市與城市之間，引領讀者踏上當年藝術家們輾轉流離的殊途，終點，必是結束在人們面對命運悲喜的喟然一嘆。

在作者充滿人文關懷的溫暖筆觸下，不僅訴說了偉大心靈的激情與孤寂，更多的是人性幽微的黯面：褚威格灼人的祕密、貝多芬倔傲的吶喊、馬勒難解的人性之謎、叔本華憤世的意志表象、卡夫卡退卻的抑鬱、舒曼矛盾的黑色幽默、尼采沉鬱的批判，還有克林姆特帶著「遺憾」的筆觸與「魔鬼」的顏色——那是生命篇章的真實筆觸，是渾沌心靈的自然本色。

## 作者簡介


### 洪雯倩

維也納國立音樂大學演奏家文憑暨音樂學博士。曾任交通大學音研所、台灣藝術大學、淡江大學助理教授；《自由時報》專欄作家，定期為《表演藝術雜誌》撰稿。e-mail:w.hon@gmx.net

國家圖書館出版品預行編目資料

歐洲人文行板：音樂與文學的時空絮語／
洪雯倩作.－初版.－新北市新店區：立緒文化，民101.04
面；　公分.--（新世紀叢書；202）

ISBN 978-986-6513-52-7（平裝）

857.85　　101004565

# 歐洲人文行板：音樂與文學的時空絮語

Literature Andante of Europe

出版——立緒文化事業有限公司（於中華民國84年元月由郝碧蓮、鍾惠民創辦）
作者——洪雯倩

發行人——郝碧蓮
顧問——鍾惠民

地址——新北市新店區中央六街62號1樓
電話——(02)22192173
傳真——(02)22194998
E-Mail Address: service@ncp.com.tw
網址：http://www.ncp.com.tw
劃撥帳號——1839142-0號　立緒文化事業有限公司帳戶
行政院新聞局局版臺業字第6426號

總經銷——大和書報圖書股份有限公司
電話——(02)8990-2588　傳真——(02)2290-1658
地址——新北市新莊區五工五路2號
排版——伊甸社會福利基金會附設電腦排版
印刷——祥新印刷股份有限公司

法律顧問——敦旭法律事務所吳展旭律師

分類號碼——857.85.001
ISBN 978-986-6513-52-7
出版日期——中華民國101年4月初版　一刷(1～3,000)

定價◉280元